마일

God bless me?

저, 능력은 평균치로 해달라고 말했잖아요!

⑮

쿠리하라 마사토

고등학생. 어린 소녀를 구하고
이세계로 전생했다.

C등급 파티 『붉은 맹세』

마일
《아델》

이세계에서 '평균적'인
능력을 부여받은 소녀.

메비스

검사. 헌터 파티
'붉은 맹세'의 리더.

폴린

헌터. 치유 마법 구사자.
상냥한 소녀지만……

【티루스 왕국】

레나

성격 강한 소녀 헌터.
공격 마법이 특기.

마르셀라

귀족의 딸. 아델의 친구.
'원더 쓰리'의 리더.

레니

여인숙 소녀.
금전 관념이 철저하다.

고룡

용종의 정점에 있는, 세계 최강 생물.
인간의 언어를 쓰며 지능도 인간 이상이다.

바노라크 왕국

아스컴으로
돌아가는 반환점

왕도
샤레이라즈

브란델
왕국

카라미테이

여인숙 사건이
일어난 마을

아스컴령

침공군

알레이멘령

티루스 왕국
'붉은 맹세' 등록국

왕도

마일이
헌터 등록한 마을

왕도

제도

산악지대

아르반 제국

지난 줄거리

아스컴 자작가의 장녀 아델 폰 아스컴은 열 살이 되던 어느 날, 강렬한 두통과 함께 모든 것을 기억해냈다.

자신이 예전에 열여덟 살의 일본인 쿠리하라 미사토였다는 것과 어린 소녀를 구하려다가 대신 목숨을 잃었다는 것, 그리고 신을 만났다는 사실을……

너무 잘나서 주변의 기대가 커, 자기 생각대로 살 수 없었던 미사토는 소원을 묻는 신에게 이런 부탁을 했다.

"다음 인생에서 능력은 평균치로 부탁드립니다!"

그런데 뭐야, 어쩐지 이야기가 좀 다르잖아!

나노머신과 대화를 나눌 수 있고, 인간과 고룡의 평균이어서 마력이 마법사의 6,800배?!

처음 다닌 학원에서 소녀와 왕녀님을 구하기도 하고.

마일이라는 이름으로 입학한 헌터 양성 학교에서 동급생들과 결성한 소녀 사인조 파티 '붉은 맹세'로 대활약!

그런 『붉은 맹세』가 크레레이아와 에이투르의 나라에서 살고 있는 엘프 여성과 함께 엘프 마을로?

엘프 맞선 대작전(마을 미팅), 마을 발전과 이어지는 대소동이 벌어지고!

게다가 오브람 왕국으로 원정을 떠나게 되는데, 그곳에는 차원 균열을 통한 침입자가?!

다른 차원의 기계 지성체를 격퇴한 마일 일행이었는데, 위험한 기색은 과연 사라졌을까……

God bless me?

CONTENTS

제105장 각인

"……뭐라고 되어 있는데?"

아무리 그래도 그 자리에서 바로 편지를 읽기는 좀 그랬다.

그래서 숙소로 돌아온『붉은 맹세』였는데…….

"케라곤 씨가 또 만나고 싶대요. 게다가 이번에는 족장과 장로를 포함해 수뇌진까지 모두 함께. 저, 저기, 지도자인가 뭔가 하는 꼬맹이는 뺀다는데요. 베레데테스 씨도 빼고. ……그러니까『어린애와 젊은 사람을 제외하고 어른들끼리 이야기하자』라는 뜻인 것 같아요. 깊이 있는 대화가 가능하겠어요."

"저쪽에서 애를 빼도 우리 중에 애가 있는데, 그건 상관없나."

"우쒸……."

레나가 찬물을 끼얹자 마일이 뾰로통하게 볼을 부풀렸다.

이 안에서 미성년자는 13살인 마일뿐이다. 처음 만났을 때는 폴린이 14살이었지만, 지금은 15살이 지나 성인이 되었다.

뭐, 고룡을 상대하는데 마일이 없어서야 말이 안 되고, 레나가 그냥 던진 농담일 뿐이지만…….

"……그런데 고룡들의 목적은?"

메비스는 표정이 진지했다.

그렇다, 상대가 상대인 것이다. 이럴 때 농담이 나오는 사람은
간이 어지간히 크거나 바보뿐이다.

그리고 물론 레나는 전자였다.

……익숙했다.

그냥, 그것뿐인 이야기였다…….

"그들의 목적은…….'

끄덕.

메비스와 멤버들이 숨을 삼키며 마일의 말을 기다렸는데…….

"안 적혀 있어서 모르겠어요!"

꽈당~!

"그럴 줄 알았다니까!"

"예상했던 범위 내예요…….'

"하하하……. 뭐, 마일이니까…….'

김빠진 레나 일행의 말을 들은 마일은 어처구니가 없는 듯했다.

"제 탓이 아니란 말이에요! 이 편지를 쓴 케라곤 씨 잘못이죠!"

실제로는 마족이나 수인이 대신 쓰게 했겠지만 뭐, 마일의 말
은 틀리지 않았다.

"그래서 뭐라고 적혀 있는데?"

레나가 재촉하자 모두에게 편지 내용을 알려주는 마일.

"그게 장로와 족장을 포함한 수뇌부 여덟 머리를 데리고 갈 테
니 저희도 오라고. 장소는 여기서 별로 멀지 않은 곳이라고 해요.

『현지인들이 고요의 숲이라고 부르는 곳』이라는데…….”

“아아, 여기서 반나절도 안 걸리는 데네. 고룡 마을에서 바로 날아와도 도중에 대도시의 하늘 위를 거치지 않고도 갈 수 있는 곳이야. 숲이 깊어서 중앙 부근에는 인간 마을도 없을 테고…….”

아마도 마일은 그 숲에 대해 모를 거라고 생각했는지 메비스가 설명해주었다.

“……그래서 날짜는?”

당연히 그 부분을 확인하려고 한 레나였는데…….

“안 적혀 있어요.”

“뭐?”

그게 뭐야, 하는 얼굴인 레나.

“아니, 저번에도 그랬잖아. 날짜 지정도 없이 『이 편지를 읽는 즉시 와라』라는 뉘앙스로……. 고룡은 자기가 부르면 다른 생물들은 열 일 제쳐놓고 달려오고, 자기들이 갈 때까지 무조건 기다리는 게 당연하기에 날짜 지정이라는 개념 자체가 없어. 우리한테 친절한 케라곤 씨조차 그게 당연히 몸에 배어 있겠지, 아마도. ……그러니까 악의는 없다고 생각해.”

메비스가 다시 설명하자 그렇구나 하고 납득하는 레나 일행.

“아…….”

그때 마일이 뭔가 알아차렸다는 듯 소리를 냈다.

“저희, 오래 떠나 있지 않았나요? 그 편지가 언제 온 걸까요?”

“““아…….”””

일이 좀 꼬인 것 같다.

거기까지 생각이 미치자, 관자놀이를 타고 땀이 주르륵 흘러내리는 것을 느끼는 네 사람이었다…….

*　　*

"늦었잖아!"

마일 일행이 주요 가도에서 벗어나 『고요의 숲』의 외곽부에 도착하자 오솔길 가에 한 수인이 서 있었다.

자세히 보니 뒤쪽 풀밭에 작은 일인용 텐트가 있었고, 그 옆에는 돌을 쌓아 만든 간이 아궁이, 그리고 시간을 보내려고 검 연습도 했었는지 나무로 대충 만든 인형이 세워져 있었다.

"얼마나 기다린 줄 알아? 심하네! 시간 감각이 그래서야. 몇 주고 몇 달이고 숲에서 누워 지내는 고룡님들이야 그렇다고 쳐. 하지만 난 혼자 이런 데서 며칠씩 기다리고 있기 힘들다고. 알 만한 사람들이 말이야! 준비한 식량도 일찌감치 다 떨어졌고, 요 며칠간은 진짜 먹을 것도 없었다고! 왜 곧바로 안 왔어?!"

수인 아저씨, 격노.

"어쩔 수 없었단 말이야! 의뢰를 받고 다른 나라로 떠났다가 돌아온 게 어제였는데. 우리가 부재중인 것도 확인 안 하고 멋대로 편지를 보내질 않나, 동의도 없이 일방적으로 약속을 정하질 않나, 게다가 적반하장으로 날짜도 정하지 않은 건 너희 아닌가? 그런 편지가 온 줄도 모르고, 다른 나라에서 의뢰 임무를 수행하느라 노력한 우리가 잘못한 거야? 어디를, 어떤 식으로 잘못했는지 좀 알려줄래? 엉?!"

"윽……."

레나의 시퍼런 서슬에 말문이 막힌 수인.

하긴 『붉은 맹세』에는 아무 잘못도 없었다.

"……알았어. 그럼 하늘을 향해 파이어 볼을 세 발 쏘아 올려줘."

((((또 그거냐…….))))

하지만 예전에 그걸 걸고넘어졌다가 반격당한 적 있었기 때문에 아무 말 없이 파이어 볼을 쏘아 올리는 『붉은 맹세』였다.

그리고 배고픈 수인을 위해 아이템 박스에서 음식을 꺼내 건네는 마일. 음식에 관해서만은 머리가 잘 돌아갔다.

*　　*

"왔다, 왔어……."

파이어 볼을 쏘아 올린 지 4~5분이 지나자 하늘에 아홉 개의 그림자가 나타났다.

……설명할 필요도 없이 고룡들이었다.

이 숲 어딘가에 있었을 텐데도 시간이 든 이유는 자거나 다른 동물을 건들면서 놀던 고룡들을 집합시키느라 시간이 좀 걸렸기 때문이리라.

그리고 굳이 하늘 위로 날아올랐다가 내려온 것은…… 물론 그게 더 『멋있어서』겠지…….

쿵!

쿵!

쿵쿵쿵쿵쿵쿵쿵!

아홉 번의 땅 울림과 함께 고룡들이 착지했다.

'으음, 이번에는 꼬맹이와 베레데테스 씨를 빼고 케라곤 씨가 높으신 양반들만 데려오겠다고 해서 전사부대 인간들…… 아니 전사부대 용들은 없고, 한 마리만 조금 떨어진 장소에 서 있는데, 그 발톱에 내가 조각한 무늬가 있어. 그렇다는 말은…….'

"오랜만이에요, 케라곤 씨!"

그렇다, 그가 케라곤인 게 틀림없었다.

『그래, 건강해 보여서 다행이구나, 마일 양.』

'다행이야, 찍었는데 맞혔어…….'

뭐, 이 정도로 핀포인트 같은 힌트가 있는데 틀리는 게 더 이상하다.

게다가 마일은 원래 상대방의 얼굴을 잘 식별하지 못했고, 상황으로 판단해서 상대가 누구인지 판별하는 것은 전생(前世)의 미사토 때도 자주 그랬던 만큼 능숙했다.

한편 케라곤은 전에 혼자 만났을 때는 『마일 님』이라는 호칭을 썼지만, 아무래도 다른 고룡들이 보는 앞에서 인간에게 『님』자를 붙이기는 꺼려졌는지 『마일 양』이라 부르기로 한 듯했다.

"그런데 이번에는 무슨 용건으로 부르셨는지……."

마일도 분위기상 케라곤에게 조금 격식을 갖춰 말하기로 한 듯했다.

고룡 수뇌부를 대동하고 온 만큼 상당히 중요한 용건 같았다.

게다가 이웃 모든 나라에 불미스러운 일들이 발생하고 있는 시기이기도 하니.

역시……

『그래, 이번에는 몹시 중요한 안건 때문에 왔다. 여기 계신 분들은 우리 씨족의 족장, 장로, 그리고 평의위원회의 중진 여섯 마리이시다. 그리고 용건은……』

침을 꿀꺽 삼키는 레나 일행.

『모두의 발톱과 뿔에 조각을 좀 해줬으면 해서……』

그리고 케라곤의 그 말에 고개를 끄덕이는 나머지 여덟 마리 고룡들.

"""""그, 그게, 뭐야아아아아~!!"""""

"……그런 일이라고 생각했어요."

그런 억지를 부리는 마일.

하긴 암컷 용들의 반응이 좋으면 다른 용들에게도 조각해주겠다고는 했었다.

하지만 그건 그때 있었던 전사부대에게 한 말이었다.

피험자들의 희망이 빗발쳐서 시험 삼아 대장한테만 뿔을 조각해주었던 만큼, 그렇게라도 말하지 않으면 대장에 대한 신뢰가 무너지고 일이 커질 것 같았기에 어쩔 수 없이……

그런데 어쩌다가 당사자들을 무시하고 중진들이 온 것인가……

"……전사부대 사람……분들은?"

『으, 으음, 그게……』

마일의 질문에 시선을 회피하는 케라곤.

그 행동이 모든 것을 말해주고 있었다.

"이야기가 다르잖아요! 저는 전사부대 분들의 심리적 케어와 대장님의 입장을 생각해서 그렇게 말했던 건데!"

『…………』

그건 모르지 않겠지. 케라곤은 고룡치고는 그리 거만하지 않고 상당히 총명한 개체일 테니…….

하지만 자신이 예상했던 것보다 훨씬 격한 마일의 반응에 당황한 기색이 역력했다.

그렇다, 전투 중일 때가 아니면 온화하고 작은 초식동물처럼 순진무구한 얼굴에 비교적 말이 잘 통하는 하등 생……인간. 그녀에게는 발톱과 뿔을 조각해 줄 상대가 누가 됐든 같은 『고룡』이라는 범주에 속하므로 큰 차이가 없다고 여겼던 것이다.

아니, 오히려 상대가 전사부대가 아니라 고룡 수뇌진이면 그보다 더 큰 명예가 없다. 그러니 기뻐하며 받아들일 게 틀림없다고…….

물론 그 대가로 비늘을 요구하거나 하는 입에 담기도 죄스러운 짓은 안 돼도, 떨어진 찌꺼기를 나중에 몰래 모으는 것 정도는 가능할 테고 그 정도면 보수로 충분하다고…….

실제로 찌꺼기라도 내다 팔면 어마어마한 돈이 될 것은 틀림없었다. ……그게 진짜 고룡의 발톱과 뿔을 깎아 나온 찌꺼기라는 것을 증명할 수만 있다면 말이다.

그리고 『붉은 맹세』는 그럴 수단이 있었다.

열 장이 넘는 고룡 비늘을 내놓을 수 있는 사람이 발톱과 뿔 조각과 가루도 가지고 있다 한들 이상할 게 없으니까. 게다가 팔면 큰돈을 벌 수 있는 비늘을 대량으로 가지고 있는데, 굳이 목이 날아갈 위험을 무릅쓰면서까지 가짜 발톱과 뿔을 팔려고 할 리 없다.

그래서 그 수전노 같은 살찐 소녀(고룡은 거유를 『살쪄서 몸놀림이 둔할 것 같다』라고만 인식한다)도 몹시 기뻐하며 받아들이자고 말을 보탤 거라 믿어 의심치 않았다.

그런데 설마 네 명 모두 불쾌한 표정을 지었고, 마일이 거절했던 것이다.

『에이잇, 뭘 시끄럽게 구는 게야! 얼른 시작이나 해라, 이 하등생……』

𝇋𝇋𝇋어버버버버……𝇋𝇋𝇋

한 고룡이 온당하지 못한 단어를 내뱉으려고 하자 주위에 있던 고룡들이 당황하며 그의 입을 틀어막았다.

아무래도 다들 일단은 『붉은 맹세』 다루는 방법에 대한 강의를 들었고, 인간이라도 나름대로 배려할 생각인 듯했다. 일부(강의 내용을 이해할 생각이 없었거나 애당초 『우리 고룡이 하등 생물을 배려할 필요가 뭐 있나』라고 생각하는 자)를 제외하고.

게다가 보통은 작업에 들어가기 전에 장인과 예술가의 심기를 불편하게 만들 의뢰주는 없겠지.

그랬다가는 결과물에 악영향을 미칠 게 뻔하니까.

『아, 아무튼 보고를 받은 족장, 장로 그리고 평의위원회분들이 마일 씨가 컷사부대에 조각해주신 발톱과 뿔을 보시고는 '직접 조사 및 확인하러 가겠다'라고 하셔서…….』

((((그리고 자기들도 받으려고 생각했다는 건가!))))

속으로 똑같은 생각을 한『붉은 맹세』.

"……마일, 네가 하고 싶은 대로 해. 어차피 고룡 발톱이랑 뿔을 조각하는 비상식적인 일을 할 수 있는 사람도 너뿐이니까 받아들이든 거절하든 그 결과는 다 함께 받아들이자. 그야 우리는……."

""""영혼으로 이어진 네 동료! 그 이름하여…….""""

""""붉은 맹세!""""

두둥~~~!

관객은 이 세계 최강인 고룡, 그중에서도 지위가 높은 여덟 마리 플러스 한 마리. 그렇기에 폭발과 네 가지 컬러 스모그를 아낌없이 방출했다.

그리고…….

ㅠㅠㅠㅠ머, 멋있다…….ㅗㅗㅗㅗ

전대 포즈를 취하며 친 대사, 고룡들에게 뜻밖의 대호평!

아무래도 오락거리가 적어 연극이랄지 예능 따위를 모르는 고룡들은 이렇게『관객의 눈을 의식한 보여주기식 포즈와 명대사와 허세 등등』이 참신하고 매력적으로 보이는 모양이었다.

수뇌부쯤 됐으면 꽤 연륜이 있겠지만, 이런 것은 나이와 상관 없겠지.

"……그리하여 여러분의 요구는 거절합니다. 다음 시술은 전사 부대 분들께 하기로 정했었고 암컷 용 님들의 반응과 의견, 감상 등을 대장님이 알려주시면 그걸 반영해야 하거든요. 게다가 전사 부대 분들에게는 상사의 명령을 어기고 물러났던 것과 저희 사정을 마을 사람들에게 잘 설명해주셨던 것에 대한 답례로. 또 화해에 대한 감사의 뜻으로 시술해드린 거랍니다. ……하지만 여러분들에게는 아무런 의리도 없고 도움받은 것도 없잖아요? 지도자라는 어린애의 폭거를 말리려고도 하지 않았던, 『그렇게 해야 하는 위치였던 여러분』은……."

『윽…….』

정곡을 찔렸는지 말문이 막힌 고룡들.

하지만 마일이 바로 구제책을 마련해주었다.

"……그렇지만 말은 그렇게 해도 여기까지 몸소 와주신 고룡 여러분, 그것도 수뇌부 여러분을 이대로 돌려보내기도 참 죄송하니까요. 돈을 받는 대신에 지금부터 여러분에게 몇 가지 질문을 드릴까 합니다. 저희 인간이 모르는, 예지로 가득한 고룡 여러분께서 들려주시는 이야기에는 저희가 답례로 사소한 기술을 쓴 봉사를 해드릴 만큼의 가치가 충분히 있다고 생각합니다만, 어떠신가요?"

『음…… 으음, 그건 그렇구나. 유구한 세월 동안 예지를 쌓아온 우리에게 이야기를 듣는 것은 명예로운 일이 될 것이며, 각지에 그 이야기가 퍼진다면 우리 고룡에 대한 인간들의 경이심을 높이는 효과도 있겠지. 흐음, 인간 계집애치고는 꽤 사리분별(事理分別)을 잘하는군······」

조금 전에 마일 일행을 하등 생물이라 부르려고 했던, 가장 태도가 불량했던 고룡이 갑자기 돌변해 기분 좋은 듯이 말했다.

고룡 앞에서 대놓고 나쁘게 비난하거나 악의가 느껴지는 태도를 보이는 생물이란 없다.

또한, 고룡을 칭찬하거나 찬미하는 생물도 있을 리 없다.

······애당초 일반적인 생물은 고룡 가까이 가지도 말을 걸 일도 없는 것이다. 예컨대 케르베로스에게 먹이를 주거나 머리를 쓰다듬으려고 가까이 다가가려는 자가 없는 것처럼.

그때 고룡의 명령으로 일했던 마족과 수인들도 그저 분부에 따랐던 것뿐이겠지. 그래서 상대를 칭찬하는 발상 자체가 없는 것이리라.

그렇기에 아무리 고룡이 인간보다 머리가 좋다지만, 이렇게 직접적인 칭찬에는 익숙하지 않아서 너무나 쉽게 『기분이 좋아지고』 말았다.

『그럼 뭐든지 물어보거라. 무슨 이야기가 듣고 싶으냐? 이 나라의 건국 당시 이야기? 500년쯤 전에 일어났던 대전쟁 이야기나 다른 대륙의, 반경 수백 킬로미터가 불모지가 되었던 원인불명의 대폭발 이야기라든지······」

"앗? 그거 설마······."

핵, 반응탄, 반양자 폭탄, 초자력 병기, 지구 파괴 폭탄······.

다양한 단어가 머릿속을 맴돌았지만 전부 떨쳐내고 마일이 물은 것은…….

"제가 궁금한 건 고룡 여러분이 마족과 수인들에게 명령해서 각지의 유적을 조사하게 한 이유와 그 목적, 현재 진행 중일 이세계의 침략에 관해 어디까지 알고 계시는지, 그리고 이 근방에 짐승 귀 소녀가 사는 곳을 알고 계시는지, 이 세 가지예요!"

ᴍᴍᴍ**혁, 뭐라고오오오?!**ᴜᴜᴜᴜ

마일의 질문 내용에 고룡들이 경악하며 소리쳤다.

그리고…….

""""마일…….""""

이 심각한 국면에 천연덕스럽게 끼워 넣은 세 번째 질문이 너무나 시답잖아서 어깨를 털썩 떨구는 레나 일행이었다…….

『네, 네놈이 그걸 어떻게!』

지금 발톱과 뿔 조각이 중요한 게 아니라는 투로 격앙되어 소리치는 장로 고룡.

아무래도 그 부분은 족장이 아니라 장로의 역할인 모양이었다.

『그건 우리 고룡 중에서도 극히 일부에게만 몰래 전해오는 이야기. 하찮은 인간 따위가 알 리…….』

물론 유적 조사에 관해서는 많은 사람이 알고 있을 터다. 고룡 전체의 뜻에 따라 마족과 수인들에게 하청을 준 것이니까…….

따라서 장로가 말하는 것은 그 뒷부분인『이세계의 침략』이겠지.

아니, 어쩌면 유적 조사 쪽도 모두에게 대충 둘러댔을 뿐, 진짜 이유는 비밀에 부쳤을 가능성이 있지만…….

"아니, 그냥 관찰해서 알게 된 사실인데요. 시공간의 균열을 목격한 데서 시작해 사신교단의 의식, 드워프 마을, 그리고 오브람 왕국 조사까지 총 세 번. 또 수차례 맞닥뜨려 토벌한 특이종. 평화롭고 원숙한 문명이었을 선사 문명이 후세를 위해 남기려고 했던 것이 방어전을 위한 기계, 그것도 빔 병기 등이 아니라 육탄전용이어서 장점이라고는 단단함뿐인 골렘이라든지……. 아, 원래는 다른 것도 여러 가지 있었는데 긴 세월이 흐르면서 우락부락하고 구조가 간단하고 단단한 것만 살아남아서일까……."

그렇다, 골렘은 신체 중앙부에 있는 구체가 모든 기능을 제어하는지 다른 부분은 아주 간단한 구조여서, 수리할 때 별다른 기술도 재료도 필요 없는 듯했다. 특히 록골렘 같은 것은…….

그리고 스캐빈저는 후방 지원형이라 재빠르다는 특징도 있어서 전투로 완전히 망가지는 경우는 드물었다. 어쩌다 나는 고장 정도야 스스로 혹은 동료의 도움으로 별다른 재료 없이도 쉽게 수리 가능하리라.

다만 스캐빈저의 행동 범위에 제약이 있기에, 그 범위 안에서 무리해 자재를 조달하려다가 인간의 눈에 띄어 토벌되어 버리면 수리할 때 희귀 소재가 들어가는 방위 기자재가 점차 가동률이 떨어지다가 결국 기능이 정지되어 버려도 어쩔 수 없었다.

마일 때문에 제한이 사라진 지금은 그럴 걱정도 없겠지만…….

『뭐야…….』

경악해서 굳어버린 장로.

무리도 아니다. 대대로 장로가 되는 자 그리고 만일의 사태(예컨대 장로직을 물려주기 전에 죽어버리는 경우)에 대비해 지식을 보호하기 위한『숨겨진 장로』역할을 맡은 자밖에 모르는, 고룡들 사이에서도 극소수에게만 전승되고 있는 은밀한 지식. 그것이 수명이 짧아 아주 먼 옛날의 전승 따위는 잃은 지 오래인 인간의 입에서 나온 것이다.

장로는 으으으, 하고 신음한 후 마일의 질문에 대답했다.

『……짐승 귀 소녀는 수인 집락에야 많이 있지만, 이 근방에서는 본 적 없느니라……』

""""그 부분이냐고~!""""

엉겁결에 태클 걸어버린 레나 일행 그리고 실망한 표정을 짓는 마일이었다…….

＊　　＊

고룡에게 내려오는 그 은밀한 지식은 극히 일부를 제외하면 일반 고룡에게도, 당연히 다른 종족에게도 비밀이었다.

하지만 누설이 아닌 다른 루트로 비밀이 퍼진 것이라면 딱히 관여하거나 비밀 유지 차원에서 관련자를 말살할 생각은 없는 듯했다. 뭐, 먼 옛날에는 아는 자도 꽤 많았을 테고…….

그 이야기를 들은 마일 일행은 일단 안심했다.

그리고『이미 대략적인 내용을 알고 있다면 보완된 지식을 다소 제공해주는 것이야 문제가 되지 않는다. 오히려 정답에 가깝지만 미묘하게 잘못된 지식이 퍼지는 것이 '그때' 더 큰 문제로 작용할 것이다』라고 생각했는지, 고룡들은 답을 알려주는 게 상책이라고 판단한 모양이었다.

게다가 이미 인간 지배 계급의 귀에 그 사실의 일부가 흘러갔다면 대참사, 다시 말해 『아인대전』이 재발할 위험도 있다. 장로가 어느 정도의 정보 공개를 결단한 것도 생각해보면 무리가 아니었다.

『옛날 옛날 아주 먼 옛날에 이 세계에는 뛰어난 문명을 가진 인간들이 살고 있었지……』
"왜 갑자기 옛날이야기 풍으로 말하는 건데요!"
『그야 옛날이야기니까……』
"아, 네……."
마일의 지적은 너무도 간단히 넘어가고 말았다.
그리고 고룡 장로의 말에 따르면…….

옛날에 뛰어난 문명을 가진 인간들이 있었다.
그런데 어떤 사건이 일어나 큰 타격을 입었다. 겨우 이겨내긴 했지만 피해가 막대했다. 그리고 언제 또 그 일이 터질지 알 수 없었다.
그래서 인간들은 하늘을 나는 배(UFO)를 타고 이 땅을 떠났다. 일부만 남겨두고…….
떠나지 못한 백성을 위해 함께 남은 자애로운 일곱 현인.

대비를.

수호를.

새로운 힘. 새로운 동료.

『그대들에게 지혜와 힘을 주겠노라.』

『페로짱, 아이들을 지켜줘…….』

옛 언약.

은의. 맹세. 존재의의.

잃어버린 지식. 멸망한 문명. 사라진 사람들.

그리고 언젠가 이 땅에 다시 일어날 재앙.

……적.

『페로짱, 아이들을 지켜줘.』

『페로짱, 아이들을 지켜줘.』

『페로짱, 아이들을 지켜줘.』

"페로짱이 누구인데요……."

『아마 '시초의 열두 마리' 중 하나인 페로 님이겠지……. 우리 시조이시니라.』

그렇게 마일의 질문에 대답해 준 장로.

""""…………"""".

만약 그것이 그냥 전설이 아니라 정말 사실이라면.

세계가 무너질지도 모르는 위기.

그리고 고룡은 자신들이 해를 입었거나 대규모 자연 파괴, 타

종족의 대량 살육 등이 일어난 경우를 제외하면 인간들을 그다지 죽이려고 하지 않는다는 것.

"시조라면『그전까지는 없었다』라는 얘기네요⋯⋯."

『⋯⋯』

"뭐, 모르겠죠. 여러분도 그 자리에 있었던 게 아니니까. 그냥 전승을 이어왔을 뿐일 테니까요⋯⋯."

『⋯⋯』

레나 일행은 몰라도 마일은 대충 이해할 수 있었다.

게다가 그『자원 절약 타입 자율형 간이 방위 기구 관리 시스템 보조 장치, 제3 백업 시스템』으로부터 얻은 정보와 거의 일치했다.

"『7분의 1 계획』이라든지『슈퍼 솔저 계획』같은 것은 아시나요?"

『아니, 몰라.』

"그렇군요. 뭐, 대충 짐작은 갑니다만⋯⋯."

그렇다, 7분의 1 사이즈라든가 뛰어난 전투 능력을 가진 자에 관해서는 짐작 가는 구석이 있었다.

"⋯⋯괜찮으신가요?"

『무엇이 말이냐?』

"아니, 원래부터 대충 알고 있던 저희야 그렇다 치지만 다른 고룡 분들께 비밀 아니었는지⋯⋯."

그렇다, 이곳에는 장로 이외에도 여덟 마리의 고룡이 있다.

하지만 마일의 말에 장로는 고개를 가로저었다.

『그건 아무 일도 없는 평화로운 시기가 지속될 때의 이야기지.

우리가 존재의의를 드러내야만 하는 때가 오면 모두에게 알릴 수밖에. 평상시에 알려주면 동요할 테고 인간에게 위해를 가하려는 어리석은 놈이 나타나지 않는다는 보장도 없으니 말이다. 어쨌든 우리 고룡은⋯⋯.』

말을 하다가 마는 장로였지만, 마일은 이어질 말이 무엇인지 알고 있었다.

'⋯⋯인간이 창조했으니까⋯⋯.'

"그럼 전승 말고, 장로님이 젊으셨을 적에는 마물이 어땠는지⋯⋯."

『기억 안 난다.』

"엥⋯⋯."

『큰 인상을 남겼으면 모를까, 그런 옛날 옛적의 일상 따위 일일이 어찌 다 기억한단 말이냐. 흔한 일은 언제 일어났는지, 무슨 일이었는지, 온갖 기억이 뒤죽박죽 섞여서 알 수가 없단 말이지. 너는 세 살 생일날 저녁에 무엇을 먹었는지 기억하느냐? 지금까지 먹은 빵이 총 몇 개인지는 기억하고? 우리는 너희의 수십 배에 달하는 수명을 가졌노라. 옛날 일은 서서히 잊지 않으면 살기 힘들다고!』

"하긴⋯⋯."

게다가 공룡의 뇌는 아주 작을 것이다. 고룡의 뇌도 비슷하게 작다면? 그런데도 인간 이상의 지능을 짜내고 있는 거라면 뇌는 전력 가동 중이라는 이야기가 되고 남은 용량에 여유가 거의 없을지도 모른다.

'뇌에 너무 부담이 가지 않게 잘 관리해야겠어…….'

『너, 방금 나한테 굉장히 실례인 생각 했지?!』

"헉? 그걸 어떻게…….'

『역시 그랬단 말인가!』

"아…….'

마일 일행은 겨우 장로를 달래서, 기억나는 선에서 들려줘도 괜찮은 이야기를 이것저것 들었다.

다만 『절대 잊지 않기 위해』 운율을 맞추고 기억하기 쉬운 문장을 쓴 『전승』을 제외한 나머지 이야기는 신빙성이 상당히 의심스러웠다.

아니, 고룡들이 거짓말을 하는 것도, 악의가 있는 것도 아니다.

막대한 기억 속에서 마모되고 다른 기억과 섞이고 기나긴 세월을 거치며 점차 그 내용이 달라지는 것은 어쩔 수 없다. 특히 문자를 가지지 않은 자들은 더욱…….

고룡은 지능으로 봤을 때 문자를 쓰는 게 당연한 종족이다.

실제로 각 개체를 나타내는 심벌마크도 가지고 있으니, 문자역시 있어도 이상하지 않다.

……하지만 문자를 만들기에는 그들에게 치명적인 문제가 있었다. 바로 신체 크기였다.

손과 손가락도 필기구를 쥐기에 적합하지 않은 모양이고, 애당초 그렇게 커서는 깃털 펜을 쥐고 글자를 쓰기 불가능하다.

……손 크기에 맞춰서 필기구를 거대하게 만들면 되지 않느냐고?

그런 깃털 펜을 만들 수 있는 크기의 새도 없고, 통나무를 깎아 만들어봐야 그것을 담글 만한 잉크도 없거니와 종이도 없다.

또 양 한 마리가 통째로 들어가는 양피지는 생산성도 그렇지만 그런 걸 만들 실력 역시 고룡에게 없었다. ……마력도 육탄전도 어마어마한 위력에 의지하는 거친 종족인 것이다.

정신적인 문제가 아니라 몸 크기 때문에 작업 면에서 그렇게 될 수밖에 없으니 어쩌겠는가.

역시 상세하고 정확한 정보를 후세에 남기려면 문자가 반드시 있어야 한다…….

* *

"이런 느낌은 어떠신가요…….'

『으, 으음, 괜찮군…….』

예시로 깎아 본 왼쪽 새끼발톱을 보고 흡족해하는 듯한 고룡.

그는 서열로 따졌을 때 이 무리에서 최하위 개체였다.

일단 하위 개체부터 조각해서 모두의 감상과 요구를 반영하여 다음 작업에 들어간다. 그러니까 상위 개체가 나중 순서인 것은 당연했다.

그리고 고룡들은 직접 예술적인 디자인을 떠올릴 능력은 없었지만…… 그냥 지금까지 그런 습관이 없었을 뿐이지 언젠가는 습득할지도 모르는……『좋은 것을 보고 감동하는』 능력은 충분히 있는 모양이었고 그것을 비평하고 느낀 점을 말할 줄도 아는 듯했다.

『다음은 내 차례구나! 나는 좀 더 차분한 느낌으로, 위엄을 강조해주길 바라네. 자세한 건 맡기고 완성된 후에는 불평하지 않을 것이야.』

"알겠어요. 그렇게 할게요."

너무 자세히 주문하지 않고 대략적인 방향만 제시할 뿐 불평하지 않겠다. ……고마운 손님이 아닌가. 마일 입장에서는 무척 편했다. 과연 통 큰 종족이다.

그리하여 다시 작업에 들어가는 마일.

천하의 마일도 고룡 여덟 마리의 발톱 하나씩과 뿔을 요구사항까지 반영해가며 저번보다 더 공들여 조각하자니 꽤 시간이 들어서, 결국 중간중간 식사와 잠을 자며 하느라 긴 공정이 되고 말았다. 아무리 그래도 전사부대에게 조각해준 것보다 모양이 간단하거나 성의 없어 보이게 조각할 수는 없기에…….

그보다도 무게감 있어 보이지 않으면 곤란하겠지. 전사부대의 입장도 있으니.

고룡들은 다소의 시간이야 신경도 쓰지 않았고, 수인은 마일이 꺼낸 재료로 폴린이 해준 요리에 정신이 팔려서『얼마든지 오래 머물러도 돼』하고 말했기 때문에 시간이 걸려도 별문제가 되지 않았다.

그래서 마일은 뿔과 발톱을 조각하면서 고룡에게 이것저것 질문했다. 미용실에 가면 미용사가 머리를 만지며 말을 걸듯이.

『응? 뭐라는 거야? 우리가 쓰는 언어도 인간이랑 똑같은데. 아마 우리의 선조가 인간들에게 알려주었겠지.』

"엥…… 아, 그런가!"

원래 언어가 없었는데 인간이 지능을 높여주고 언어를 가르쳤다면 처음부터 당연히 인간의 언어를 썼겠지. 고룡이 나중에 굳이 독자적인 언어를 창조할 리가 없다.

지금까지 마일은 고룡이 인간의 언어를 따로 익혔다고 생각했는데, 엄청난 착각이었던 듯하다.

그 후로도 마일은 고룡들의 자존심이 상하지 않게 배려해가며 여러 가지 무난한 화제를 이어가는 사이사이에 궁금했던 점을 질문했다.

인간 세계의 일을 흥미진진하게 들려주자, 그동안 오락에 굶주렸었는지 고룡들이 무척 좋아하면서 마일의 질문에도 잘 대답해주었기 때문에 정보 수집은 순조로웠다.

고룡은 인간을 무시하는 경향이 있지만, 자신을 잘 따르고 도움 되는 일을 해준다면 그리 딱딱하게 굴지 않았다. 인간도 쥐를 쫓아내는 고양이나 양치기를 돕는 개를 잘 돌봐주고 재롱부리면 귀여워하지 않는가. 그와 비슷하겠지.

과거에도 고룡이 자기 마음에 드는 인간을 도와줬다거나 비늘을 줬다는 이야기가 있었다.

한편 레나 일행 역시 이런 절호의 기회를 놓치지 않았다.

마일처럼 특정 목적은 없지만, 장로급 고룡이면 수백 년은커녕 수천 년 단위인 역사의 산증인이 아닌가.

너무 오래 살아서 기억의 순서가 뒤죽박죽이라도 그게 언제 이야기인지 확실히 알 만큼 유명한 사건도 많고, 인간들이 아직 모르는 유용한 지혜도 많이 있겠지.

　그래서 차례를 기다리고 있거나 이미 시술이 끝난 고룡들에게 『고룡님께 아부』모드로 말을 걸었고, 어차피 시간이 남아도는 고룡은 마치 인간이 작은 동물을 데리고 놀듯 가벼운 마음으로 상대해주었다.

　"고룡님의 강력한 마법에는 무슨 비법 같은 게 있나요?"

　웬일로 상대에게 존댓말을 쓰는 레나.

　하긴 레나도 상대가 고룡, 그것도 장로에 자신에게 도움이 되는 정보를 알려준다면 정중한 말투 정도는 쓰겠지. 폴린이 입버릇처럼 말하는 『립 서비스는 공짜』인 것이다.

　『응? 그런 건 생각해 본 적도 없는데……. 그냥 우리 고룡은 신들의 축복을 받아서 그런 게 아닐까?』

　'고룡, 도움이 안 되네…….'

　속으로 욕이 나와도 평소와 달리 표정으로 드러내지 않을 만큼 레나는 사리 분별력이 있었다. ……표정으로 드러냈어도 고룡은 아마 알아보지 못하겠지만.

　『그리고 넌 우리로 치면 이제 막 알을 깨고 나와서 기어 다닐 나이가 아니냐. 그러니 아무리 약해도 아직은 그리 조바심 낼 필요는 없다. 인간은 열다섯 살부터 성인이라지. 넌 아무리 봐도 아직 그 나이에 미치지 않은 듯하구나. 이 몸은 장생하는 고룡 중에서도 특히 오래 살았으니 말이야, 나름대로 인간을 만난 적도 많아 인간의 나이를 잘 가늠하지. 지금은 거의 확실하게 알아맞히게 되었다고나 할까. 종족, 크기, 말투, 지식량, 기타 등등을 통해 백발백중이지. 너의 나이는 으~음, 열한 살, ……아니, 열두 살이겠구나!』

"누가~~!"

탁!

오른손으로 고룡의 몸을 있는 힘껏 때린 레나.

그리고…….

"으아아아악~~!"

레나는 왼손으로 오른쪽 손목을 잡고 비명을 내질렀다.

"레나 씨, 맨손으로 고룡을 때리다니 그런 무모한 짓을……. 마일짱도 아니면서……."

손가락과 손목, 그리고 어깨까지 타격이 왔는지 몸을 웅크리고 비명을 지르는 레나를 본 폴린이 서둘러 치유마법을 걸어주었다.

손가락 몇 개는 부러졌고 손목은 염좌, 어깨도 다친 듯했다. 내출혈도 있는지 손목부터 퉁퉁 부어올랐고 어떤 부위는 보라색과 거무칙칙한 색의 중간쯤으로 변해 있었다.

폴린의 마법으로 통증이 겨우 멎고 피부 색깔도 원래대로 돌아온 레나는 으으윽, 하는 표정으로 고룡을 노려보았지만 조금 전의 일은 자업자득이고 고룡은 레나의 팔이 닿았다는 사실조차 몰랐기 때문에 표정 하나 달라지지 않았다.

여기서 문제를 일으켜봐야 아무 이익도 없다. 그리고 고룡에게 자세한 이야기를 들을 기회도 앞으로 두 번 다시 찾아오지 않을

지도 모른다.

　……보통은 한 번조차 없지만.

　그래서 없던 일로 하고, 다시 고룡에게 질문을 이어가는 레나
였다.

　한편 폴린은 다른 고룡에게 말을 붙이고 있었다.

　"고룡님, 인간이 사는 곳 근처에 금광맥 같은 데가 혹시 없나요?"

　(((스트레이트 강속구, 던졌다아앗~~!)))

　마일, 허풍 동화 때문에 『정중앙에 직구로, 스트레이트 강속구』
라는 단어의 개념을 익힌 레나와 메비스가 폴린의 욕망에 충실한
질문을 듣고 속으로 소리쳤다.

　하긴 일부 용종이나 새 중에는 빛나는 것을 모으는 습성이 있
는 종도 있다.

　하지만…….

　『금? 인간들이 돈이라는 것으로 사용하는 금속 말인가? 우리는
금속을 쓰지 않아서 별로 채굴하지도 않고, 게다가 철보다 훨씬 무
른 금속 따위는 의미도 없지 않은가?』

　과연 고룡은 금광석을 채굴해 제련하는 것도 불가능하고, 금속
사용은 물론 돈도 필요하지 않으니 금 따위 아무런 의미도 없고
흥미도 없는 게 당연하겠지.

　'고룡, 도움이 안 되네…….'

　속으로 투덜거리는 폴린.

"고룡님, 힘을 가진 존재의 의무 그리고 강한 존재가 가져야 할 마음가짐에 대해 가르침을 주시면…….."

한편 또 다른 고룡에게 그렇게 말을 붙이는 메비스.

역시 메비스, 질문 자체가 레나와 폴린과는 다르다.

고룡 역시 그 부분에 조금 감동받은 듯했다.

『으음, 유생체임에도 불구하고 몹시 기특한 자로구나. 좋다, 내가 자세히 가르쳐주마!』

메비스는 자신이 강해지고 나면 어떤 마음가짐을 가져야 할지 참고하려고 질문한 것인데 물론 고룡은 인간, 그것도 태어난 지 고작 20년도 지나지 않은 유생체가 『자신이 강해진 후에 대비해』라고 생각하고 있을 줄은 꿈에도 몰랐다.

인간은 갓 태어난 고룡 유생체에게조차 한없이 미치지 못할 만큼 가냘프고 연약한 상태로 수명을 다하고 사라지니까…….

그래서 메비스가 한 말은 『위대한 고룡님에게 그 마음가짐을 여쭈어본다』라는 식으로 받아들여졌고, 점점 더 고룡의 마음에 쏙 들게 되었다.

『연약한 인간이라도 수컷은 수컷이군. 암컷인 나머지 세 마리와는 마음가짐부터가 달라. 연약한 생물도 나름대로 노력하는 것이 좋지…….』

"엥?"

고룡의 말에 어안이 벙벙한 메비스.

"……저, 저는 여자입니다만! 고룡님이 말씀하시는 그 『암컷』이요!"

천하의 메비스도 아무리 상대가 고룡이라지만 그 부분은 그냥 넘어갈 수 없었던 모양이다.

고룡도 조금은 미안했는지 슬쩍 시선을 피했다.

여하튼 네 사람은 각자 나름대로 여러 가지 정보 수집에 노력했던 것이다…….

＊　　＊

그리고…….

『ⅢⅢⅢ 오 오 오 오 오 오 오 오!』ⅡⅡⅡⅡⅡ

기뻐서 몸을 떠는 여덟 마리의 고룡들.

『애썼다. 그럼 상으로 이걸 주겠다.』

그렇게 말한 장로가 소프트볼 공 크기의 수정처럼 생긴 것을 내밀었다.

『용의 보옥이라고 불리지. 우리에게는 별로 가치가 없지만, 인간들은 예부터 이걸 진귀하게 여긴다고 들었다. 값이 그럭저럭 될 게야.』

그리고 물론 마일은 생각했다.

'여덟 마리 고룡(드래곤)을 모아 소원을 이루어주면 『용의 보옥(드래곤볼)』을 받을 수 있다……. 반대잖아, 완전히 반대라고!'

한편 레나는 휘청거리는 폴린을 잡아주느라 필사적이었다.

……아무래도 용의 보옥, 그 가치가 상당한 모양이다. 저 폴린

을 휘청거리게 할 정도로…….

『쓸데없는 얘기까지 많이 해버리고 말았지만, '쩍'의 침공 징조에 대해 들을 수 있었던 것은 우리로서도 이득이었다. 서로 얻는 것이 있었던 유익한 만남이어서 다행이라고 생각하자. 아아, 그 아이는 단단히 바로잡을 테니 너무 걱정 말거라. 그럼 또 보자꾸나, 흥미로운 하등 생물…… 아니, 인간들이여!』

*　　*

"……갔네."

"……갔네요."

"……간 것 같네."

"……갔군요…….."

폴린도 조금 전 받은 충격에서 어느 정도 회복되었다.

"고룡과 관련된 것 중 알고 싶었던 부분은 대충 다 물어본 것 같네요. 유적을 조사하며 돌아다니는 이유가 뭔지는 알려주지 않았지만 뭐, 그것도 어느 정도 예상이 가고…….."

대충 다 물어봤다고 했지만 사실 이렇다 할 수확이 있었던 것은 아니다.

애초에 고룡이 알고 있는 게 별로 없기도 했고, 고룡들 사이에 전해지는『공공연한 전승』(엘프와 드워프와 요정들의 전승, 신화와 큰 차이가 없는 것), 그리고『은밀한 전승』의 극히 일부만 들었을 뿐이다. 그것도 원래 마일 일행이 알고 있던 내용을 아주 조금 수정 및 보완한 정도에 지나지 않았다.

　그 이외에 인간에게는 아주 먼 옛날 일을 『**아아, 그거라면 재미있어 보여서 구경하러 갔었지**』하면서 가볍게 들려준 것은 꽤 흥미진진해 다들 몹시 즐거워했었지만…….

　솔직히 전승 같은 것보다 그쪽이 훨씬 재미있었다.

　특히 작가 『미아마 사토데일』로서의 마일에게는 귀한 소재의 보고였다.

　다른 세 사람도 열심히 메모하며 들었는데, 장차 영웅이며 A등급 헌터이자 전설의 대상인이 된 후에 낼 자서전의 소재로 삼기 위해서였겠지.

　"이만 돌아가자."

　""""하앗!""""

　헌터로서 한 일은 아니지만, 발톱과 뿔을 조각하면서 나온 찌꺼기 그리고 용의 보옥으로 충분, 아니, 이틀간 일한 것치고 어마어마하게 많이 번 『붉은 맹세』.

　하지만 딱히 금전적으로 힘든 상황도 아닌 데다가 C등급 파티인데 너무 시끄러워지는 것도 싫었기 때문에 발톱과 뿔 찌꺼기도 용의 보옥도 당분간은 마일의 아이템 박스의 밑거름이 될 예정이었다…….

＊　　＊

　"아!"

여인숙으로 돌아와 밥을 먹다가 마일이 갑자기 소리를 질렀다.

"왜 그래? 마일……."

"아, 아니, 아무것도 아니에요……."

'그러고 보니 한 가지 놓친 게 있어……. 나노짱!'

【네!】

'나노짱, 그 이차원 파견대 대장이 말했던, 귀환을 기다리다가 이 세계의 상공으로 이어졌다던 그 이야기! 그때 저쪽 금속 골렘…… 로봇이 이쪽 세계로 떨어졌다고 했었잖아?! 그럼 그걸 회수해서 기억 회로(메모리)를 조사해보면…….'

【죄송하지만, 낙하 도중에 대규모 파손을 피할 수 없다고 판단했는지 모든 메모리를 삭제한 후 동력원을 폭발시켜 회로를 불태우고 자폭했습니다. 그 아래는 바다였기 때문에 파편은 전부 심해로……. 설령 파편 회수가 가능하다고 하더라도 『금속 쪼가리』 이외의 가치는 없을 것으로 생각됩니다…….】

'아~, 역시 그리 쉽지는 않나…….'

밥 먹다가 모처럼 찾은 실마리도 나노머신에게 딱 잘라 부정당한 마일이었다.

뭐, 이건 이 세계의 위기와 관련된 일이기에 정말 해석 가능한 상태로 남겨졌다면 가만히 있어도 나노머신이 알아서 마일을 유도했을 터. 그렇게 하지 않았다는 시점에서 그쪽 루트는 막혔다는 이야기겠지.

【본 건과 관련해서는 규칙에 어긋나지 않는 이상 마일님께 편의를 제공할 방침이기는 합니다만, 저희의 자발적이며 적극적인 이차

원 세계 간섭 및 그 세계의 문명과 생물에 손을 대는 것은 금지되어 있기에……. 그래서 마법 행사라는 형태로 공격하거나 자발적 의지와 의도에 따라 행동하지 않는 것, 이를테면 사체 또는 완전히 기능이 정지된 피조물에 대한 분석 조사 등을 제외하면 자유로운 관여가 불가능해서……. 죄송합니다.】

'아니야, 그렇게 하라고 신……조물주가 지시했으니 어쩔 수 없지. 너무 마음에 담지 마!'

【…….】

*　　*

끈적끈적…….

음지에서 쏟아지는 끈끈한 시선에 지긋지긋해하는 나이 든 고룡.

그 고룡의 뿔은 아름답게 조각되어 있었고, 왼손 새끼발톱의 조각 역시 예술이었다.

『……어쩌겠나. 그대 스스로 판단하고 선택한 결과니까…….』

『으으으윽…….』

음지에 숨어 얼굴을 반만 드러낸 한 고룡이 젊은 암컷 용의 시중을 받는 고룡을 향해 원망 섞인 신음을 내뱉었다.

사실 이 고룡은 전사부대 정예들과 평의위원 노인들이 발톱과 뿔에 멋진 조각을 한 다음부터 갑자기 인기가 생긴 것을 보고 자신도 꼭 하고 싶어서 조각가가 누구인지 알려달라며 전사부대원들을 물고 늘어졌다.

하지만 장로들에게서 『그자에게 더는 민폐 끼치지 마라』라고 들은 대원들이 알려주기를 거부한 것이다.

물론 전사부대는 조금 기간을 두고 뿔을 조각할 수 있도록, 장로들과 동행한 케라곤이 약속을 받아두었다.

그래서 이 고룡이 생각한 것은…….

『조각가를 안 알려주면 직접 조각하면 그만이지』였다.

인간처럼 왜소한 하등 생물도 할 수 있는 것을 위대한 고룡인 자신이 못 할 리 없다.

그렇게 생각하고 바로 실행했는데…….

“……안 되겠다, 못 하겠어요!”

우선 마족과 수인에게 명령해서 조각하게 해봤지만, 고룡의 발톱과 뿔을 깎기에는 완력이 너무 부족했다. 대검을 쓰는 전사의 일격으로도 생채기조차 낼 수 없으니…….

조각 가능한 마일과 그 무기가 비정상인 것이다.

……게다가 마족과 수인에게 그려 보게 한 디자인은 촌스럽기 그지없었다.

『에잇, 됐다! 하등 생물 따위한테 기대한 내가 바보지!』

그리하여 어쩔 수 없이 직접 조각하기로 한 것인데…….

자신이 생각한 디자인은 더 촌스러웠다.

하지만 이제 돌이킬 수 없게 된 고룡은 스스로 발톱과 뿔을 깎았다.

그 결과…….

『』『무하하하하하!』』』』

너덜너덜 덜커덕거리는 발톱.

빈약하고 찌그러진 모양으로 조각한 것도 모자라, 깎을 때 힘 조절을 실수했는지 끝부분이 뚝 부러져버린 뿔.

비웃는 자, 너무 불쌍한 나머지 대놓고 웃지 못하고 고개 숙여 어깨만 부들부들 떠는 자.

그리고 절망해서 기력을 잃어버린 한 마리 고룡…….

그 후, 마일에게 조각 받은 자들을 뒤에서 몰래 숨어 하염없이 바라보는 가여운 고룡의 모습을 목격할 수 있었는데…….

『……성가시기 짝이 없구나! 그리고 암컷이랑 분위기 좋아지려고 하면, 자꾸 뒤에 몰래 숨어서 훔쳐보는 놈이랑 눈이 마주치잖아. 분위기 확 깨게! 암컷이 비명을 내지르면서 달아나는 게 벌써 몇 번째인지!』

머리끝까지 화가 난 평의원.

이미 수명의 8할 정도가 지났음에도 살날이 수백 년은 더 남아 있는 것이다. 아직 시들 나이는 아니었다.

『아니, 자업자득이겠지, 그 부분은……. 그리고 발톱도 뿔도 빠지면 다시 나지 않는가. 아픈 게 무서워서 못 뽑는 건 내 알 바 아니고!』

그렇다, 고룡의 발톱과 뿔은 빠지면 새로 난다.

뿔은 두개골과 일체화된 것이 아니라 사슴뿔과 비슷한 듯했다.

물론 매년 자연스럽게 빠지고 새로 나는 것은 아니지만, 부러졌을 경우 뿌리째 뽑으면 다시 자란다.

원래 그런 구조인지, 아니면 뿌리까지 뽑혔을 때 나노머신이 자동으로 치유마법을 써서 재생시켜 주는 건지는 모르겠지만⋯⋯.

발톱도 마찬가지로 빠지면 새로 난다.

그래서 마일은 만일의 사태가 생겨도 괜찮다고 여기고 조각했던 것이다. 만약 발톱과 뿔이 두 번 다시 나지 않는다면 그리 쉽게 받아들이지 않았겠지.

그래서 그 고룡도 뽑으면 그만이었다. 발톱도 뿔도.

하지만 뿔과 발톱은 뽑을 때 상당한 고통을 동반하고 다시 자랄 때까지 흉한 모습을 보여야 하기에 그럴 용기가 나지 않는, 요컨대『겁쟁이』였던 것이다.

뭐, 일반적으로 고룡이 그만큼 많이 다치는 일이 없기에 통증에 면역이 없는 개체가 많기도 하고『발톱을 뽑으면 몹시 아프다』라는 소문이 정착되어 있으니 소극적인 태도인 것도 어쩔 수 없겠지.

『너무 불쌍하니까 헌터부대가 조각 받을 때 특별히 동행시켜주는 것은⋯⋯.』

『안 된다! 이런 일로 규칙을 어겨서야 본보기가 될 수 없고, 그런 전례를 만들었다가는 그걸 노리고 일부러 똑같은 짓을 저지르는 멍청이가 속출할 게야. 분명히⋯⋯.』

『그래. 효과가 너무 크니까 말이지. 암컷들의 호감도가 쭉쭉 올라가 인기를 끌게 되는⋯⋯.』

아무래도 발톱과 뿔 조각은 살인 미소와 머리 쓰담쓰담에 버금가는 치트키인 듯했다.

『그보다도 문제는 쩌쪽 같구나.』

『으음…….』

『암컷들이 자기도 발톱을 조각해 달라고 난리니……. 쩌건 말로 해서 통할 상태가 아니야.』

『자네 짝이 앞장서서 시끄럽게 구는 게 아닌가.』

『자네 딸과 손자가 덩달아 시끄럽게 구는 게 아닌가!』

『자자, 그렇게 심한 말 마시고…….』

『뭘 남 일처럼 말하나! 자네 여동생이 어제 잔뜩 화가 나 평의위원회에 쳐들어온 걸 잊진 않았겠지!』

『그 부분은 이미 사과했을 텐데! 그것보다도 족장 딸이 집요하게 달라붙어서 정말 낭패 아니었나!』

……아무래도 가여운 고룡에게 구제 조치는 없을 듯하다…….

제106장   여로

"아이스 불릿!"

피슝!

"이게 마지막이네요. 놓친 건 없겠죠?"
"네, 근처에는 뿔토끼(혼래빗) 이외의 마물이나 짐승이 없어요."
"그럼 수납할게요."

탐색 마법으로 주위를 확인한 모니카의 대답에 고개를 끄덕인 마르셀라는 셋이서 쓰러트린 오크 네 마리를 아이템 박스에 수납했다.

누가 넣어도 수납하는 곳은 똑같았지만, 일단 누가 언제 볼지 모르기 때문에 평소 아이템 박스에 넣고 빼는 역할은 마르셀라가 도맡았다.

지난번에 다 함께 정한 대로 세 사람 중에 수납마법(인 것으로 되어 있는 아이템 박스)을 구사할 수 있는 사람은 마르셀라뿐이었기 때문에 방심했다가 생각지도 못한 곳에서 들키지 않도록 평소에 그렇게 습관을 들이는 것은 현명한 생각이었다.

물론 100% 안전한 경우와 만일의 상황이라도 어떻게든 둘러댈 수 있는 경우, 이를테면 가도를 걷고 있는데 앞뒤로 사람이 없을 때 등에는 모니카와 올리아나가 아이템 박스에서 물통을 교환하고 과일 등을 꺼내는 것은 허용 범위에 들었다. 또 긴급할 때는 상황에 따라 규제 완화 또는 완전히 해제되었다.

"그럼 이만 돌아갈까요."

"네. 그나저나 아이템…… 아니, 『수납마법』 덕분에 갑자기 돈을 많이 벌게 됐네요. 이제 유사시에 왕도의 길드 계좌에서 예금을 끌어오거나 할 걱정은 안 해도 되겠어요."

모니카가 『아이템 박스』라고 말하려다가 허둥지둥 『수납마법』이라고 고쳤다.

그렇다, 평소에 그렇게 말하려고 노력하지 않으면 언제 자기도 모르게 말이 헛나올지 모르므로 『아이템 박스』라는 단어는 셋만 있으면서 수납마법과 구분 지어 말할 필요가 있을 경우(아이템 박스와 수납마법 연구 또는 고찰에 관한 대화를 나눌 때라든지)에만 하기로 한 것이다.

"네. 덕분에 송금 수수료의 흐름으로 추적당할 위험은 피할 수 있겠어요. ……뭐, 길드야 그리 쉽게 헌터의 비밀을 누설하지는 않겠지만 상대가 왕족이면 안전책을 몇 겹씩 마련해서 나쁠 건 없으니까요."

올리아나도 모니카의 말에 동의했다.

그렇다, 보통은 성체 오크 네 마리를 숲에서 도시까지 통째로 옮기는 것은 힘센 남성 헌터가 열 명 넘게 있어도 절대 불가능했다.

오크 사냥 자체는 난도가 그리 높은 편이 아니지만, 아무리 많은 오크를 잡아봐야 토벌 보수가 그다지 높지 않다. 또 오크 부위 중 제일 큰 수입원인 살코기는 극히 일부만 가지고 돌아가 팔 수 있었기 때문에 별로 큰 돈벌이가 되지 못했다.

많은 사람이 옮기면 수입이야 늘어나겠지만, 그만큼 나눠가질 인원도 늘어나는 셈이라 별 의미가 없다.

그렇다, 요컨대『붉은 맹세』가 편하게 벌 수 있는 수법을『원더 쓰리』도 손에 넣은 것이다.

"아델 씨한테는 늘 받기만 하네요. 학원 시절부터 쭉…… . 이번에도 지금까지 받은 은혜를 꼭 갚을 생각으로 만나러 갔는데 오히려 청정마법, 세정마법, 그리고 아이템…… 수납마법까지…… . 다음에 만날 때까지 반드시 어떻게든 해야 해요…… ."

난감한 표정으로 그렇게 말하는 마르셀라에게 올리비아가 끼어들었다.

"그런데 마법의 위력 면은…… ."

"" …………. ""

마르셀라와 모니카가 입을 다무는 것도 무리는 아니었다.

마일과 재회한 후 무슨 영문인지 세 사람의 마법 위력이 갑자기 확 커졌던 영문을 알 수 없는 사건.

그때 마일에게 새로 배운 마법 중『마법의 위력을 키워주는 것』따위는 없는데 말이다. 마일도 비슷한 설명조차 하지 않았었다.

……하지만 타이밍도 그렇고『상식의 틀에서 벗어난 현상』이었기 때문에 마르셀라 일행이 이 현상을 마일과는 전혀 무관한 별개의 사건이라고 생각할 리는 없었다.

"아델 씨의 짓. 하지만 아델 씨는 전혀 인식하지 못했던. 그런 거겠죠, 분명히……."

"아델 짱이니까요……."

"아델이니까……."

""""에효……."""

『원더 쓰리』.

마일이 행방을 감추기까지 1년 남짓을 『유사 평민』으로 공부했던, 모국 브란델 왕국 왕도에 있는 하급 귀족의 자녀와 부자 평민이 다니는 학교 애클랜드 학원.

그곳에서 마일(미사토)이 전생까지 포함해 난생처음 사귄 친구들.

아무리 봐도 악역 영애로만 보이지만 사실은 남을 잘 돌보고 정의감이 넘치는, 가난한 남작가의 셋째 딸 마르셀라.

활기가 넘치는, 중견 상가의 딸 모니카.

그리고 장학금을 받아 입학한 특기생으로, 시골 가난한 농가 출신인 올리아나. ……성실하고 기가 약해 보이지만 『원더 쓰리』에서 제일 머리가 좋고, 친구들을 위한 일이라면 몹시 의뭉스러운 제안도 할 줄 아는 사람.

아델(마일)이 상식에서 벗어난(치트) 마법을 몇 가지 알려줌으로써 정략결혼이라는 원치 않는 운명을 피하고 은의와 우정을 위해 아델과 함께하는 꿈을 꾸며, 그것을 이루기 위한 실력을 갖추기 위해, 그리고 원하지 않는 혼담에서 도망치기 위해 수행 여행 중인 세 소녀.

셋은 아델과 달리 총명하고 상식적인 사람들이었었다.

……『이었었다』. 그렇다, 과거형이다.

그야, 상식적인 사람이기는 했다.

아델에게 물들기 전까지는…….

               *   *

딸랑

"『원더 쓰리』, 수행 여행 중입니다. 잘 부탁드립니다."

"""""""…….""""""

도어벨 소리와 함께 날린 회심의 일격!

그리고 실내는 정적에 휩싸였다.

도저히 C등급 파티로 보이지 않는 미성년 소녀 셋.

만약 어떤 사정이 있어서, 예를 들면 천재 마술사라거나 검성(劍聖)의 딸이어서 유년기부터 영재 교육을 받았다든지 하여 스킵 등록을 했다고 쳐도 도저히 수행 여행을 할 나이가 아니었다.

게다가 착용한 장비와 외모——귀엽다거나 하는 말이 아니라 체격, 근육이 붙은 정도, 몸놀림 등을 봤을 때 셋 다 무술에 관한 재능이 별로 없다는 사실은 한눈에 알 수 있었다.

"""""""………….""""""

실내에 정적이 이어지고 있었지만, 마르셀라 일행은 조금도 개의치 않고 매입 창구 쪽으로 성큼성큼 걸어갔다.

……이런 반응에는 익숙했다. 그저 그런 것뿐이었다.

"상시 의뢰 납품을 부탁할게요."

약초와 살코기, 모피 등의 납품은 어느 길드 지부나 대체로 상시 의뢰여서 사전 수주를 할 필요가 없었다. 그래서 보통은 이동하면서 잡거나 채취한 것을 다음 도착지에서 납입하는데, 여행 도중에는 짐도 많고 운반하기 힘든 만큼 주로 소량에 값나가는 약초 내지는 희귀한 식자재, 도시 근교에서 잡은 소동물 정도였다.

"……아, 네에……."

이곳은 건물 구조 때문에 부피가 큰 것도 길드 본관의 접수창구 옆에 내려놓으면 뒷문을 통해 바로 뒤쪽 해체장까지 옮길 수 있었고, 물론 약초 등도 마찬가지로 이 매입 창구에서 거래되었다. 그래서 매입 담당자는 『원더 쓰리』의 인원 구성에 눈을 동그랗게 뜨고 놀라면서도, 채취물을 꺼내라고 몸짓으로 재촉했는데…….

쿵!
쿵!
쿠쿵!!

"""""""……………."""""""

매입 담당자도, 그리고 다른 길드 직원과 헌터들도 허공에 갑자기 등장한 오크 네 마리에 참지 못하고 소리쳤다.

"""""""『붉은 맹세』랑 같은 류냐고오오!"""""""

그렇다, 브란델 왕국과 서쪽으로 접한 바노라크 왕국의 주요

가도를 따라 자리 잡은 도시의 길드 지부는 이미 마일을 비롯한 『붉은 맹세』가 휩쓸고 간 뒤였다…….

"아델 씨 일행이 왔다 간 후에는 『또야?!』로 끝나니까 참 편해요……."

그렇다. 『붉은 맹세』가 들르지 않은 도시면 『수, 수납마법이라니! 그것도, 용량이 어마어마하잖아!』라거나 『우리 파티에 들어와!』하면서 여러 가지로 성가신데, 『붉은 맹세』가 머물렀다 간 도시에서는 일 처리가 몹시 원활하게 진행되었다. 이상한 일에 얽히는 경우도 거의 없고. 왜 그럴까.

……그리고 모두의 눈빛이 왠지 조금 겁에 질린 듯 보이는 것은 아마도 기분 탓이겠지…….

마르셀라 일행이 매입 담당자와 잠시 이야기를 나누고 다른 길드 직원으로부터 이 도시 주변 마물의 상황과 이것저것 들은 다음 길드 지부를 떠난 후…….

"……야, 저 녀석들은 『붉은 맹세』랑 달리 모두 아직 미성년자 꼬맹이로 세상 물정이라고는 모르는 응석받이들 아닐까? 영입하면 그 엄청난 용량의 수납 보유자를 손에 넣어서 우리가 원하는 대로……."

한 남자가 그런 말을 내뱉자, 같은 파티 멤버인 듯한 사람이 고개를 마구 가로저었다.

"야, 『원더 쓰리』에 수납을 구사하고 천진난만하게 생긴 미성년 소녀, 선량한 얼굴을 하고 있지만, 사실은 속이 시커멀 것 같은 거유녀 그리고 활발해 보이고 잘 떠드는 절벽 가슴 여자가 있었지?"

"……어, 그랬지……. 그런데 왜?"

"『붉은 맹세』와 흡사한 구성이지만……『원더 쓰리』에는 다른 멤버를 제어해주는 이른바 파티의 양심, 『붉은 맹세』의 메비스에 해당하는 역할을 맡은 사람이 없어. 그러니까 그 말인즉슨……."

"""""""""대참사가 일어날 것 같은 순간에 브레이크 역할을 해줄 사람이 없네에에에!"""""""""

다들 얼굴이 창백해졌고, 길드 안은 고요해졌다.

"게다가『붉은 맹세』는 일단 검사와 마법 검사…… 무슨 직업인지 잘 모르겠지만, 아무튼 전위가 두 명 있잖아. 그런데 그 녀석들은『마술사 세 명』. 단지 그게 전부야. 전위가 없어서 연약하고 물리적 방어력이 제로인 미성년 마술사 소녀가 셋. 단지 그게 전부라고. ……이게 말이 돼? 그런데도 파티가 무너지지 않고 헌터 일을 계속할 수 있다니, 너희들은 그런 말도 안 되는 이야기가 정말 믿어지냐?"

흔들흔들흔들!

모두 목을 흔들었다.

……물론 옆으로.

"……그래. 말이 안 되지. 보통은 절대로 말이 안 돼! 그런데 녀석들은 부상 하나 없이 천연덕스러운 얼굴로 살아가고 있어. 그렇다는 건 말이야……."

모두 침을 꿀꺽 삼켰다.

"……보통내기들이 아니라는 뜻이야……."

경악, 아연실색. ……그리고 뭔가 납득한 얼굴.

"맞아. ……아마도 녀석들은 그런 거야, 『붉은 맹세』보다 더 악질. 거의 틀림없이……."

정적이 감도는 길드 안. 접수 카운터의 이쪽(헌터들)도 저쪽(직원들)도…….

한편 이 이야기는 직원을 통해 길드 마스터에게 전달되었고, 당황한 길드 마스터의『절대 그들에게 쓸데없이 시비 걸지 마라!』라는 엄명이 모든 길드 관계자들에게 내려졌다…….

"……그나저나 아델 씨 일행은 각지의 길드 지부에서 도대체 뭘 하신 걸까요……."

""그러게나 말이에요…….""

제107장　수인 마을

"아직 마족과 수인 마을에는 안 가봤죠……."

여인숙 방에서 침대에 앉아 그렇게 말을 꺼낸 마일.

"뭐야, 뜬금없이……."

레나가 황당한 표정을 지었다. 그렇다, 늘 있는 패턴이었다.

"아니, 드워프 마을이랑 엘프 마을에는 우리가 가봤잖아요. 그리고 저 혼자였고 마을에 간 건 아니지만, 일단은 요정 마을 전주민을 만난 적도 있고……."

"수인도 많이 만났잖아. 그 발굴 현장에서……."

"아, 하지만 그건 『거주지』가 아니라 그냥 작업 현장이었잖아요. 그런 건 안 쳐요, 안 쳐!"

레나의 말을 완전히 부정하는 마일.

"뭐가 문제인데?"

레나의 물음에 마일이 대답하기도 전에 메비스와 폴린이 입을 모아 말했다.

""짐승 귀 소녀가 없었으니까!""

그리고 팔짱을 낀 채 고개를 끄덕이는 마일.

"내가 알게 뭐냐고, 이 바보야!"

"……그래서 둘 중 한 곳에 방문하는 데 관심이 있는데요……."

"""…………."""

뭐, 늘 있는 일이다.

"저는 『맛있는 반찬은 마지막까지 남겨두는 타입』이기도 하고, 레나 씨와 메비스 씨가 초대받은 일도 있고 해서 마족 마을에 먼저 가보고 싶은데요……."

""초대 같은 거 받은 적 없는데!""

레나와 메비스가 입을 모아 반론했다.

"엥? 그 마족 여자애가 하지 않았나요?"

""………."""

하긴 그 소녀가 그 비슷한 말을 하긴 했었다. 레나 쪽이야 여자애가 자기 멋대로 말했을 뿐이지만, 메비스의 경우는 대전 상대였던 남성에게 정식 의뢰를 받아 전달한 것이었다.

"안 가!"

"안 갈 거얏!"

그리고 입을 모아 거절하는 레나와 메비스.

"에이~……."

마일이 불만스러운 소리를 냈는데…….

"아니 그리고 너, 마족 마을이 어디 있는지 알기는 하고?"

"네? 그냥 근처 아무 마을이나……."

"""역시……."""

마일의 대답에 레나 일행이 크게 한숨을 토했다.

"야, 인간종인 인간과 엘프와 드워프는 사는 곳이 꽤 섞여 있는 편이지만, 사이가 별로 좋지 않은 수인이랑 마족은 그렇지 않다고……. 지금은 그래도 동등권을 가졌고 표면적으로는 우호 종족이니까 장사 등을 하러 인간 도시에 오거나 어떤 사정으로 정착하는 자도 있긴 하지만, 그건 극히 일부야. 대부분은 인간과 거리를 두고 멀리 떨어진 곳에서 자기들끼리 살아가고 있어. 인간종 측은 옛날에 있었던 전쟁 때문에 피해를 입은 게 병사와 용병, 위험한 줄 알면서도 도시 밖으로 나간 상인 등이 중심이었고, 그것도 전쟁 중 아주 짧은 기간에 불과했지만, 마족과 수인은 여자들도 모두 노예가 되거나 죽임을 당했으니 말이야. 수백 년, 수천 년이 지나도록 쭉……. 그러니까 인간종이 품은 원망의 크기는 저쪽이 품은 원망, 증오와 비교도 되지 않아. ……너 같으면 선조끼리 처절하게 싸우며 서로를 죽였고 지금도 자신들을 계속 원망하는 자들이 득시글거리는 곳에서 혼자 살고 싶겠니? 그런 데서 자식을 키우고 싶겠어?"

레나의 말에 고개를 가로젓는 마일.

그런 생활을 원하는 사람은 정말 극단적인 마조히스트뿐일 것이다.

"마일, 지금까지 우리가 그다지 나쁜 감정을 느끼지 못했던 것은 상대가 연장자가 아니었고 우리 모두 젊은 여성인데다 힘이 강했기 때문이야."

메비스가 보충 설명을 해주었다.

"마족과 수인 중에 나이가 많은 자는 특히 인간종에게 부정적인 감정이 강하고, 젊은 자들은 조금 나아. 암흑시대를 직접 겪은

게 아니니까. ……미리 말해두는데 조금 나은 정도일 뿐이거든? 그리고 인간종을 포함해 동물은 대부분 종족과 상관없이 아이는 귀엽게 여기고 보호하려고 하지. 마일도 상대가 마물이라도 뿔토 끼나 코볼트 유체는 귀여워서 죽이기 어려워하잖아? 수인이랑 마족은 인간보다 그런 경향이 더 강한 모양이야. 그리고 그들은 강한 존재를 존경하는 경향도 몹시 강해. ……그래서 그들 눈에 어려 보이고 여성에다가 그들을 이기기까지 한 우리는 그들의 보호 욕구와 강자에게 가지는 존경이라는 본능 때문에 나쁜 감정을 품기 어렵지.

모순처럼 들리겠지만 『처음부터 싸웠기 때문에 오히려 우호적인 태도를 보여주었다』라는 뜻이야. 처음에 싸우지 않고 우호적으로 접근하면 오히려 태도가 딱딱해. 그러니까 우리랑 싸운 적도 없고 인간종에 대한 적대 의식이 강한 연장자, 노인들은 상당히 강한 악의를 드러낼 거라고 생각해. 특히 성격이 단순한 편인 수인은 그렇다고 쳐도 마족은 말이야……."

"""아~…….""""

"그리고……."

이번에는 폴린이었다.

"수인들은 인간이 잘 접근하지 않는 지역의 숲속 같은 곳, 그러니까 엘프 마을 같은 입지 조건에 소규모 마을을 이루어 살고 있기에 꼭 인간이 사는 곳에서 극단적으로 먼 것은 아니에요. 자기들끼리 나라를 세운 것도 아니고 인간 나라의 일부에 살고 있을 뿐이니까요. ……세금 같은 건 안 내도. 반면 마족은 이 근방에서 아주 먼, 이 대륙의 북단 부근을 중심으로 살고 있고 그 근방에는 인간 거주 지역과의 사이를 가로지르는 거대한 산맥이 가로막고 있거든요. 절대로 넘을 수 없는 산맥은 아니지만, 마차를 타고 넘어가려면 상당한 고생이기에 웬만한 이유가 있지 않은 이상에는 그 산맥을 넘으려고 하는 사람이 없어요. 설령 모험심이 넘치는 젊은 상인이라 할지라도……. 게다가 위법인 노예 사냥꾼들이나 마족 섬멸 주의자의 습격에 대비해 아주 단단한 방위 태세를 갖추고 있거든요. 무장하고 접근하는 자는 즉시 붙잡혀 무장해제된답니다. 바로 돌아가겠다고 맹세하면 풀어주긴 하는데, 직진해서 돌아가기에 아슬아슬할 만큼의 식량과 물 말고는 다 빼앗아요. ……물론 무기와 방어구도……."

"무장하지 않고 산맥을 넘어 귀환이라니 그게 가능할 리가 없잖아! 오크랑 오거는 물론이고 코볼트, 고블린, 잘못하면 고작 뿔토끼 무리에도 전멸당할 수 있다고!"

레나의 말에 고개를 끄덕이는 폴린.

"……그래서 아무도 안 가는 거예요."

""""그렇구나…….""""

마족도 인간종이 만드는 무기와 도구, 식자재 기타 등등이 전혀 필요하지 않은 것은 아니리라.

그럴 때는 자기들이 인간 도시에 사러 가는 듯했다.

딱히 아예 배척당하는 것도 아니고 겉모습이 인간과 비슷하다면 머리카락과 모자 등으로 뿔만 감추면 쇼핑 정도야 문제없을 테니…….

"……그럼 수인 마을에 먼저 갈까요? 어디 적당한 마을을 골라서……."

"어째서 수인 마을에 가는 걸로 결정이 나는 건데?!"

"'아하하…….'"

버럭 화내는 레나 그리고 황당해하는 메비스와 폴린.

늘 있는 일이었다. 그렇다, 늘 있는 일…….

"……그래서 제가 알아본 수인 마을의 위치인데요……."

"집요하네, 정말!"

다음 날, 지도로 보이는 것을 들고 이야기에 열을 올리는 마일을 보며 격노하는 레나였다…….

                    *   *

"이걸 받죠!"

이틀 후.

길드 지부의 의뢰 보드에서 한 의뢰표를 잡아 뜯어 모두에게 내미는 마일. 평소 같으면 조심조심 살짝 뜯는데…….

표정은 평정을 가장하고 있었지만, 태도가 좀 이상했다.

……눈동자가 마구 떨렸고 콧구멍이 벌렁거렸다.

조금 의심쩍어하면서 레나 일행이 의뢰표를 살펴보니…….

【토벌 의뢰 토벌 대상: 위법 노예 사냥꾼 일당
의뢰주: 타리칸 마을(수인족 마을)】

"""그럴 줄 알았다니까……."""

"……그런데 왜 인간종에게 이런 의뢰를? 수인이면 자긍심이
높고 힘도 세잖아요? 이런 의뢰를 인간종의 길드에 내니까 왠지
위화감이 드는데……."

"그건 말이지……."

마일 일행의 대화를 엿들은 듯한 나이 든 헌터가 뒤에서 말을
걸어 설명에 나섰다.

"수인을 노예로 잡는 건 아인 대전 종결 때 기본적으로 합의하
고 체결한 조약을 완전히 어기는 짓이야. 그걸 그만두게 하는 데
굳이 자기들이 피를 흘릴 필요는 없다는 모양이야. ……즉, 인간
종이 책임지고 처리하라는 얘기지."

"앗? 하지만 의뢰한 곳이……."

"그야 영주에게 항의한 게 저쪽이고, 작업에 들어가기 전에 의
논 같은 것도 해야 하니까 그렇게 올릴 수밖에 없지. 그런 사정
때문에 의뢰비는 영주가 내. 그래서 금액이 짠 거야……."

"""아…………."""

"물론 노예 사냥꾼은 그 영지는 물론 그 나라 사람도 아니야.
사냥하고 나면 바로 국경을 넘어 도망가. 당연하겠지, 그런 위험
한 짓을 했으니 영주도 왕궁 사람들도 가만히 있지 않고 전력을

다해 조직을 치려고 할 테니까. 그런 점에서 다른 나라 사람이면 그딴 거 아무 상관도 없잖아. 아인대전의 전철을 밟는 것은 과연 간과할 수 없겠지만, 수인 측도 이건 국가 수준이 아니라 단순 범죄 조직의 짓인 걸 알 테니 그렇게까지는 하지 않겠지. 그리고 다른 나라 귀족과 왕족들은 나라 밖에서 문제가 생겨 그곳의 국력이 약해지면 자기들에게는 이익이니까 다른 나라에서 일어난 범죄 행위에 대해서는 모르는 척해. 아니, 오히려 사냥당한 수인을 사기까지 하지. ……하긴 고양이 수인, 토끼 수인, 여우 수인 여자라면…… 히익!"

"그으런가요오……. 그으런 겁니까아아……."

"""아~…….""""

((((((아~…….))))))

"이거, 부탁드립니다."

마일이 아직도 화나서 몸을 떨고 있는 동안, 메비스가 의뢰표를 재빨리 접수창구에 제출했다.

한편 레나 일행처럼 길드 종업원과 다른 헌터들의 범인에 대한 감정 역시 오직 하나였다.

((((((백만 번 죽었다!))))))

"그래서요오, 이 의뢰를 수주했는데 말이죠오……."

끄덕끄덕끄덕!

필사적으로 고개를 끄덕이는, 낯빛이 조금 어두운 레나 일행.

……그렇다, 그 이후로 쭉 마일의 심기가 불편했던 것이다.

"빠, 빨리 정리하자!"

끄덕끄덕끄덕!

레나가 마일의 말을 중간에 끊자, 또다시 필사적으로 고개를 끄덕이는 메비스와 폴린이었다…….

*　　*

"……그렇게 해서 찾아왔는데요……."

이미 마일의 기분은 완전히 풀려 있었다.

노예사냥이라고 할까, 유괴라고 할까, 어쨌든 그 범죄자들에 대한 분노가 가라앉은 것은 아니지만 동경하고 꿈꾸던 『복슬복슬 랜드』, 짐승 귀 소녀들의 낙원을 눈앞에 둔 희망과 기쁨이 훨씬 웃돌았기 때문이다.

"슬슬 안내인이…….."

그렇다, 이런 상황인데 수인 마을이 무방비한 상태일 리 없었다. 사전 통보를 받고 안내인이 마중 나오지 않으면 언제 어디서 창과 화살, 돌 등이 날아올지 몰랐다.

물론 덫, 길을 헤매게 만드는 장치도 되어 있을 테고…….

일부러 원래 길을 좁게, 옆길을 넓게 만들거나 직선 도로가 눈속임이고 원래 길은 옆으로 빠지는 오솔길이라거나 가지 모양이 비슷한 나무나 똑같은 나무 밑동을 배치해 같은 장소를 뱅글뱅글 맴돌고 있다는 착각을 하게 만드는 등 혼란을 주거나 방위 감각을 잃게 만드는 등 방법은 얼마든지 있었다.

그래서 당연히 안내인을 보내 달라는 길드의 연락이 들어갔을 텐데…….

"오우, 왔나……. 앗, 너희는!"

"""""아……."""""

기다리고 있던 안내인의 낯이 익었다.

"""""고룡 때 그…….""""""

그렇다, 예전에도 안내를 맡았던 수인이었다.

"항상 안내를 맡나 봐요……."

"마일, 실례야! 아무리 말단 일밖에 못 받는다지만 직업에는 귀천이……."

메비스가 자각도 없이 마일보다 더 심한 폭언을 내뱉었다.

"시끄러워!"

악의는 없었다. 전혀 없었던 것이다…….

"이 나라 왕도 근방에서의 중개 역할이라면 이 나라의 마을 사람을 지명하는 게 당연하지 않나! 게다가 난 왕도 부근에 대해 잘 알고 있고 사냥꾼이어서 단독 행동과 야영에도 익숙하고 마물이 나와도 쓰러트리거나 잘 도망칠 수 있으니 적임자라고! 적임자여서 뽑힌 거야! 안내 역할밖에 못 해서가 아니라 뭐든 할 수 있기 때문이어서라고! 그리고 이번에는 내가 사는 마을이란 말이야, 여기가! 하아하아하아…….."

욱했는지 소리를 버럭 지르는 수인 남자.

71

아무래도 꽤 타격이 큰 모양이었다.

"……뭐, 됐고. 너희라면 실력에는 문제가 없지…… 아니, 지나칠 정도인가. 고룡님들께 너희에 대한 여러 가지 주의사항을 들어서 너희의 정체는 잘 알고 있다."

"""……………."""

평소 같으면『그게 뭐야!』하고 화냈겠지만, 찔리는 바가 있었는지 입을 꾹 다물고 고개를 숙이는『붉은 맹세』였다…….

＊　　＊

"여기다."

안내 없이는 절대 못 갈 것 같은 트릭이 깔린 길을 통과해 겨우수인 마을에 다다른『붉은 맹세』일동.

'나야 상공에서 정찰하거나 냄새를 추적하면 혼자서도 도착할 수 있겠지만…….'

마일이 그런 생각을 하고 있는데 레나가 끼어들었다.

"너라면 사악한 욕망의 힘만으로 도착할 수 있겠지.『이쪽에서 짐승 귀 소녀의 냄새가!』하면서……."

"어, 어떻게 제 생각을 딱…….."

"""왜 모르겠냐?!"""

아무래도 모두에게 읽힌 듯했다…….

마을 어귀…… 딱히 마을에 울타리가 쳐져 있는 게 아니라 단순히 숲의 오솔길이 마을까지 그대로 이어져 있는 곳에 약간 나이가 있어 보이는 수인 한 명이 서 있었다.

"고생 많았다. 이제부터는 내가 안내하지."

아무래도『붉은 맹세』에 상황을 설명할 측, 즉 마을의 중요 인물인 듯했다. 안내를 맡은 사냥꾼이 할 일은 여기까지인 모양이었다.

타이밍 좋게 이곳에 서 있을 수 있던 까닭은 물론, 한창 난리가 난 중이라 마을 주변에 몇 겹씩 경계선이랄까 색적선이랄까 노예 사냥과 마물에 대비한 보초가 깔려 있고 그들에게서『붉은 맹세』의 접근 보고를 받았기 때문이리라.

"너희에 대한 정보는 길드 사람의 서한으로 알고 있다. 우리는 여자들을 전쟁터에 내보내는 것을 선호하지 않지만, 예외도 있는 법이고 다른 종족 남자가 자신들은 뒤에 숨고 여자들에게 전투를 다 떠넘기든가 말든가 별로 뭐라고 할 생각도 없다. 그건 각 종족이 알아서 할 일이니. 우리는 그저 전쟁터에 나간 자의 용기 그리고 그 실력을 보고 평가할 뿐. 인간들이 우리를 속이고 버리는 장기 말로 약한 자들을 보낸 게 아니길 바란다. 너희 그리고 이 나라 인간들을 위해서 말이지…….."

『붉은 맹세』의 안내 역할이 끝나고도 아직 떠나지 않은 사냥꾼 수인이 마중 나온 수인의 말을 듣자마자 그의 얼굴 앞에서 필사적으로 손을 휘저으며『하지 마!』하는 신호를 보냈지만, 그는『붉은 맹세』를 노려보느라 그 수인의 고마운 충고를 알아보지도 못했다.

그리고 그것을 알아차린『붉은 맹세』일동은 가여워하는 표정을 지을 뿐이었다.

그렇다, 고룡들로부터『그들을 건들지 마라』라고 듣기는 했어도 이 마을에서『그들』의 얼굴과 냄새를 아는 자는 사냥꾼 수인뿐이었으니 어쩔 수 없는 일이었다……

＊　　＊

"빨리 말 안 하냐아아아아~!"

인간들이 이 마을에서 한 푸념, 아니 경고를 얕보고 신입, 그것도 어린애까지 포함된 젊은 여성 헌터 파티를 버리는 장기 말로 보냈다. 그렇게 여기고 비꼼과 혐오를 담아 경고했더니, 숲 어귀에서 마을까지 안내한 사냥꾼이 갑자기 자기 팔을 붙잡고 몇 미터 뒤로 끌고 가는 게 아닌가. 그래서 그 무례함을 비난하려고 하자, 작은 목소리로 경악할 사실을 말해서 자기도 모르게 소리쳐버린 수인 남자.

"이, 이 녀석들이 고룡님이 그 실력을 인정하시고 친히『건들지 마라』고 연락하셨던 그, 그…….."

"……그래, 바로 그『붉은 맹세』다."

"어버버버……."

인간들은 이 마을에서 보낸 현 상황 통지를 얕보기는커녕 최대 전력을 파견해준 것이었다.

그 사실을 안 수인은 적잖이 당황했다.

그래서 황급히 『붉은 맹세』에 다시 달려가…….

"잘 왔어. 환영한다!"

((((우리에 대한 어떤 정보가 돌아다니는 거야!!))))

급변한 태도에 본의 아니게 마음의 소리가 일치하는 레나 일행이었다…….

*　　*

"……그렇게 된 거야."

촌장의 집에서 자세한 사정을 들은 『붉은 맹세』 일동.

왠지 촌장 집까지 멀리 에둘러 안내받은 듯한 느낌이 들었는데, 아마도 시간을 버는 동안 사냥꾼 남자가 촌장 집에 먼저 모여있는 자들에게 『붉은 맹세』에 대해 설명한 게 틀림없었다.

『붉은 맹세』가 도착했을 때는 이 마을에서 귀한 고급품 달콤한 간식이 차에 곁들이는 용으로 준비되어 있었는데, 보통은 인간들의 뒤치다꺼리를 하기 위해 파견된 헌터 나부랭이에다가 이렇게 어리기까지 한 소녀들에게 그런 환대를 해줄 리는 없었다.

그리고 물론 그 사실을 알아차린 『붉은 맹세』는 비싼 게 분명한 그 간식을 태연하게 먹어 치웠다. 조금 슬픈 듯한 마을 사람들의 눈빛을 조금도 개의치 않고…….

"……그래서 그 노예 사냥꾼인지 유괴범인지 하는 놈들이 어린 애들만 노리게 되었다는 얘기네……."

그렇다, 방금 들은 이야기는 그런 내용이었다.

처음에는 바로 부릴 수 있는 (일적으로도, 밤 상대로도) 젊은 남녀를 노리던 악당들은 이제 아직 나이도 차지 않은 어린아이만 잡아가게 되었다고 한다.

이유는 간단했다.

수인은 습성상 어느 정도 나이가 차면 자기 목숨보다 『집단』의 이익을 우선시한다.

그래서 잡혀간 자들은 도망칠 수 없다고 판단하면 자기 목숨을 버리고 집단을 지키는 최적의 행동을 선택했다.

……요컨대 『악당들을 없애기 위한 자폭 공격』이었다.

팔린 이후, 자신을 산 자의 빈틈을 노렸다가 죽이는 것이다.

자신을 산 장본인과 그의 처자식, 손님, 기타 등등 모두를…….

빈손일 경우에도 복종하는 척하면서 방심하게 만든 다음 손가락으로 눈알을 찌르고 뇌까지 쑤셔 넣는다거나 접시를 깨 그 파편으로 경동맥을 자르는 등, 하려면 방법은 얼마든지 있었다.

그 밖에도 밤에 불을 지르거나 독극물을 음식에 섞거나 요리를 몰래 바닥에 비벼서 질병을 유발하는 등 다양한 방법이 있었다.

그리고 그 모든 방법이 성공하든 실패하든, 잡혀서 고문당하면 쉽게 자백하는 것이다. 『우리를 잡아 팔아넘긴 노예상이 가족을 인질로 잡고는 이렇게 하라고 시켰어요』라고…….

가뜩이나 적이 많은 귀족과 부자들은 노예상이 적대 파벌에게 매수되었다고 여기고 반격에 나섰다.

우선은 자신을 죽이려고 한 노예상을 잡아 의뢰인의 이름을 불게 하려고 고문부터…….

그렇게 노예상 몇 명이 비참한 죽음을 맞이하자 노예상들은 방법을 바꾸었다. 그런 자폭 공격을 배우기 전인 어린아이를 납치하는 안전책으로…….

당장 중노동을 시킬 수는 없지만, 애완용 그리고 수인 노예를 소유했다는 지위적인 면에서 문제가 없고 수인은 금방 성장한다. 노예로 똑똑히 자각하게 만들어 몇 년 후에는 순종적인 노예로 부릴 수 있다면 몇 년 정도의 사육이야 별로 힘들지도 않았다. 그동안에도 일반적인 일은 시킬 수 있고, 최소한의 먹이만 주면 비용도 별로 들지 않을 테니까.

……그렇게 된 것이었다.

"……그리고 지난번과의 간격으로 미루어 짐작해 볼 때 슬슬 또 올 시기라는 얘기네……."

아까부터 꺼림칙한 미소를 지으며 『그으렇습니까아……. 그으런 겁니까아아……』 하고 중얼거리기만 하는 마일 때문에 굳은 얼굴로 레나가 이야기를 정리했다.

"하지만 지금까지 들은 이야기대로라면 옛날에 유괴범들을 몇 번인가 파멸시켰는데도 불구하고 완전히 뿌리 뽑지 못했다는 거잖아? 그럼 이번에 범인들을 잡더라도 또 다른 놈이 나와서 똑같은 짓을 저지르는 게……."

"아무리 실행범을 잡아봐야 밑 빠진 독에 물 붓기겠네요……."

"심지어 어린애들을 유괴해 세뇌하다니 수법이 더 악랄해졌잖아! 자아가 잘 확립된 뒤라면 설령 노예가 되더라도 수인으로서의 신념과 자긍심을 가지고 살아갈 수 있어서 언젠가 자유를 손에 넣게 될지도 모르지만, 그렇게 어릴 때부터 완전히 세뇌되어 노예근성이 뿌리박히고 만다면……. 게다가 이대로라면 애들이 전부 납치당해서 마을이 존속하기 힘들어지는 거 아닌가?!"

메비스와 폴린, 그리고 레나의 말대로였다.

"또 아무리 실행범을 잡아봐야 말단 실행범 따위는 얼마든지 또 나오겠지. 군침 도는 시장이 있는 한……. 그리고 어떤 대책을 내놓는다고 해도 옛날에 잡은 수인들의 자폭 공격 때문에 유괴 대상을 어린아이로 바꿨듯 그들은 또 회피할 방법을 생각해내겠지. 이를테면 마을 사람 모두를 잡아 번식장……『수인 목장』을 만든다거나……."

레나가 살벌한 발언을 했다.

어쨌든 마을의 미래는 어두웠고, 위험만 점점 커질 것 같았다.

"그럼『군침이 안 돌게 만들면 그만』이겠네요……."

"""히익!"""

마일이 나직이 중얼거렸다.

……마치 악귀처럼 사악한 얼굴로…….

*   *

"……그러면 욕구불만…… 아니, 의뢰를 수행해요!"

『의뢰 수행』이라기보다『욕구불만 해소』라는 표현이 더 나을 듯한 마일의 얼굴.

『의뢰』와『욕구불만』, 고작 두 글자 더 많을 뿐이지만 그 차이는 컸다.

……주로 타깃의 운명이…….

"일단은 광범위 탐색 마법으로 적을 탐지하고 있으니까요. 적이 접근하면 바로 알 수 있어요."

"""…………."""

원래 마일의 탐색 마법은 차원이 다르다. 그 정밀도도 탐색 가능 범위도…….

그런데도 마일은 굳이 그 앞에『광범위』라는 단어를 붙였다.

"'범인들이 이 숲에 들어온 순간 바로 알 수 있는 거 아니야?'"

그것도 아마 거리 문제가 아니라『숲 밖은 인간이 많아서 범인을 판별할 수 없을 뿐』, 인간의 존재 자체는 탐지 가능하리라.

……마일은 진지하게 임하고 있다.

그 사실만은 잘 알 수 있는 레나 일행이었다.

그래서 당장은 할 일이 없었다.

이 숲에 들어온 순간 마일의 탐색 마법에 걸려 위치를 계속 추적당하기 때문에 수상한 녀석이 있으면 바로 알 수 있다. 어쩌다 우연히 이 숲에 들어왔을 뿐 사실은 채취와 수렵이 목적인 헌터라든가 주위 마을 주민들과 유괴범의 행동이 똑같을 리 없으므로, 시인을 받아낼 것도 없이 쉽게 분별 가능하리라. 여기에 도착하기 훨씬 이전에.

……다시 말해서 경계하거나 보초를 서고 나아가 색적 행동에 나설 필요가 전혀 없다는 뜻이다.

마일이 그렇게 나오자 곤혹스러운 얼굴로 레나를 쳐다보는 메비스와 폴린이었는데…….

"……나도 안다고! 하지만 이번만은 어쩔 수 없잖아! 이지 모드는 우리『붉은 맹세』를 위해 좋지 않다는 걸 잘 알지만 저런 마일을 말리기도 힘들고 만에 하나, 정말로 만에 하나 수인 아이가 유괴범들에게 아주 조금이라도…… 그래, 고작 0.1mm라도 긁혀서 상처가 나는 날에는…….."

"『"상대는 죽어(이터널 포스 블리자드)!"』"

반사적으로 마일의『일본 허풍동화』에 자주 등장하는 즉사 마법의 이름을 외치고 만 세 사람이었다…….

*　　*

"아무래도 온 것 같아요…….."

『붉은 맹세』는 수인 마을에 머무르며 아이들과 놀다가 탐색 마법을 쓰다가 아이들과 놀다가 마을 주변에서 돈이 될 법한 상위 등급 마물을 잡다가 아이들과 놀면서 마치 휴가같이 느긋한 나날을 보내고 있었는데, 마침내 타깃이 모습을 드러낸 모양이었다.

……참고로 약초와 고가 식자재 등의 채취는 하지 않았다. 마일의 탐색 마법으로 그것들까지 탈탈 털어버리면 마을에 엄청난 민폐가 될 것이기에, 폴린의 맹렬한 반대에도 불구하고 레나와 메비스가 채취 금지를 결정했다. 마일 역시 물론 그 판단에 이의가 없어서 잔뜩 볼을 부풀리는 폴린을 보고도 못 본 척했다.

"……저의 최고로 행복한 순간을 방해하다니 괘씸하기 짝이 없군요! 처벌해주겠습니다!"

그리고 마일은 이미 처음 목적을 완전히 잊어버렸다.

어쩔 수 없다. 마일이 아이들과 노는 것을 어른들이 (정치적인 배려로) 막지 않았기 때문에 우쭐해져서 『이곳은 동물 로리 천국인가요!』, 『동물 쇼타 천국인가요!』 하고 의미를 알 수 없는 말을 외치고는 하고 싶은 대로 마음껏 하고 지냈던 것이다.

마일의 아이템 박스에는 항상 고양이 귀와 개다래나무 가지, 작은 새의 먹이와 어린이용 과자가 대량으로 들어 있었다. 언제 『멋진 만남』이 있어도 차질 없도록…….

그리고 지금, 마일은 그 『어린이용 과자』를 아낌없이 꺼내고 있었다.

또 마일은 어른들에게도 과자를 잔뜩 제공했다.

아이들과 노는 것에 말이 나오지 않게 하는 뇌물 차원이기도 했지만, 지난번에 다과로 나왔던 과자(이 마을에서는 상당히 귀할 터인)를 다 함께 먹어버린 것에 죄책감을 살짝 느낀 모양이었다.

마일 일행이라면 그 정도 과자야 언제든 살 수 있고, 마일이 진지하게 나오면 직접 만드는 것도 그다지 어렵지 않았다.

그런데도 평소에 쉽게 먹을 수 없는 마을 사람들의 귀한 간식을 자기들이 먹어버렸다는 사실이 마음에 걸렸겠지.

……여하튼 자신에게 엉겨 붙어 과자를 달라고 졸라대는 아이들.

마일이 이 꿈처럼 행복한 순간을 방해하는 자들을 용서할 리 없었다.

그리하여 지금 마일은 상대가 『유괴범이어서』가 아니라, 『자신의 복슬복슬 천국을 방해했다』라는 이유로 머리끝까지 화가 나 있었다.

……유괴범에게는 달갑지 않은 일이었다.

"명백하게 사냥이나 채취와는 다른 움직임이고, 주위를 경계하면서 이 마을로 곧장 오고 있어요. 틀림없네요. 마을 분들의 경계망에도 걸릴 텐데 싸움이 일어나면 마을 사람들에게도 피해가 나올 테니 발견하더라도 건들지 않도록 신신당부해야겠어요."

"알았어!"

물론 촌장과 마을 의회 사람들을 통해 미리 말해두긴 했지만, 유감스럽게도 수인은 다혈질에 곧바로 감정을 드러내는 자가 많다. 미리 들은 설명도 까맣게 잊고 유괴범을 공격할 것을 충분히 예상할 수 있었다.

그래서 메비스가 곧장 촌장의 집으로 향했다.

심부름꾼이어서가 아니라 이 마을에서 제일 높은 존재에게 말하러 가는 일인 만큼 지금은 당연히 『붉은 맹세』에서 제일 연장자이며 외모가 가장 준수한 파티 리더 메비스가 나설 차례였다.

……아니 이 역할을 레나 등에게 빼앗겼다가는 천하의 메비스라도 조금 의기소침해지겠지.

시간에는 아직 충분히 여유가 있었다.

여유가 있다 못해 남았다.

지금 감시원들이 있는 곳으로 연락원을 보내기에는 너무 빨랐던 것이다. 그리고『붉은 맹세』가 움직일 때까지도…….

＊　　＊

"……응? 이건……."

숲을 걷던 여덟 명의 남자 중, 선두에 있던 리더 같은 자가 걸음을 멈췄다. 다른 사람들도 잇따라 멈춰 섰다.

우엥~, 우엥~…….

"어린애, 울음소리? 그것도, 두 명…… 아니, 두 마리?"

조금 의심쩍은 표정을 짓던 리더는 그것이 어린 소녀들의 울음소리임을 알자 히죽 웃었다.

"미아 같은 건가? 푸하하, 앞으로 마을 사람들 몰래 애들을 어떻게 확보해야 할지가 최대 난관이었는데 일이 이렇게 쉽게 풀려도 되나……. 이번엔 운이 따르는군! 힘들이지 않고 암컷 두 마리를 확보하고 나면 남은 건 놈들이 알아차리기 전에 빨리 이곳을 뜨는 것뿐. 잘만 하면 싸움 없이 달아날 수 있을지도 몰라. 이런 행운은 그리 쉽게 찾아오지 않는다고. 여신의 가호는 나의 것이란 소리지!"

들뜬 리더 그리고 그 말을 듣고 웃는 남자들.

다들 실력에는 자신 있지만 싸움은 그때의 운. 상대가 신체 능력이 뛰어난 수인, 그것도 모자라 잔뜩 화가 나 목숨을 아끼지 않고 달려드는 자들이면 짐이 되는 아이들을 둘러업은 채로 다치지 않고 무사히 달아나기란 힘들다.

그런데 유괴하고 상대측이 알아차리기 전까지 도주 시간을 많이 벌 수 있다면 웃음 지을 여유도 있는 법이다.

리더가 사냥감인 어린아이들을 『암컷』, 『두 마리』 등으로 말한 것은 물론 『사냥감은 인간이 아니라 단순히 야생동물일 뿐』이라고 일부러 강조하기 위해서였다.

그렇다, 상대는 인간종이 아니라 그냥 동물. 그러니 자신들은 하나도 나쁘지 않다. 고블린과 코볼트를 사냥하는 것이나 마찬가지. ……그런 논리였다.

물론 옛날에 맺은 협정으로, 수인을 건드는 짓은 인간종 전체가 법으로 엄하게 금하고 있었다.

그러니까 법과는 무관하게 조금이라도 자신들을 정당화하여 죄책감을 덜려는 것뿐이리라. 원래도 죄책감 따위는 조금도 느끼지 않는 자들이지만 그래도 어린아이 유괴는 양심에 찔려서일까.

그 논리에 따른 자기 정당화의 주장이 관헌과 『붉은 맹세』에 통할지 어떨지는 여신만이 알 일이지만…….

"잘 들어라, 우리는 『어쩌다 우연히 길 잃은 아이들을 보게 된 친절한 헌터 아저씨들』이야. 사냥감이 제 발로 걸어와 준다면 그보다 더 편한 게 또 없으니. 그러다가 우리를 의심해서 안 걸으려고 하게 되면 몸을 묶어서 등에 업는다. 그전까지는 말을 잘 맞춰라!"

누가 『친절한 아저씨』냐며 웃음을 터뜨리는 자도 있었지만, 다들 작전은 대충 이해한 듯했다.

어쨌든 자신들의 목숨 그리고 이후 노동력이 얼마나 들지가 걸려 있는 문제인 만큼 악당들도 나름대로 꽤 진지했던 것이다.

"……찾았다! 앗, 어라? 좀 크지 않아? 열두 살, 열세 살 정도는 되어 보이는 것 같은데……."

"대형 동물계는 어려도 꽤 큰 경우가 있잖아! 길을 잃어서 울고 있으니 어린 게 틀림없어! 됐으니까 일단 확보해!"

작은 목소리로 대화한 후, 의심을 사지 않도록 당당하게 정면으로 모습을 드러낸 남자들.

"얘들아, 길을 잃은 거니? 아, 무서워하지 않아도 된단다. 우리는 헌터 아저씨들이야. 희귀한 사냥감을 찾아서 숲속 깊이 들어가는 걸 전문으로 하는 높은 등급의 헌터란다. 마을로 돌아가는 길을 잃어버린 거니?"

이들은 악당이긴 하지만, 악당이라고 모두가 악당 같은 얼굴인 것은 아니었다.

이 파티의 리더는 일단 평범한 얼굴이었다. ……멤버 중 셋은 상당히 악당 같은 외모였지만…….

'고양이 귀? 고양이 수인치고는 몸이…… 아니면 호랑이나 표범 계통인가?'

그 소녀들은 고양이 수인이라면 열두 살 전후겠지만, 호랑이 수인이나 표범 수인이면 열 살 미만일 수도 있었다. 그렇다면 허용 범위에 속했다.

그리고 두 수인 소녀의 가슴 언저리를 본 남자들.

""""""""""됐다! 열 살 미만이야!""""""""""

빠지직!

어딘가에서 뭔가에 금이 갔다.

그렇다, 지금 이 남자들은 서명해버리고 만 것이다.

……자신들의 사형 집행 명령서에…….

"아, 아아아, 아저씨들은 허, 헌터야?"

"마, 마마마, 마을에 데려가 줄 거야?"

분노를 억누르느라 필사적인 레나와 마일의 모습은 남자들의 눈에 『겁먹어서 떨고 있는 소녀들』로만 보였다.

……그렇다, 마을 소녀에게 빌린 옷을 입은 두 사람이 머리에 쓰고 있던 것은 마일이 심혈을 기울여 만든 『인공 고양이 귀』였다. 모델은 물론 여인숙의 간판 소녀 파릴이었다.

마일은 파릴의 고양이 귀라면 똑같이 재현해낼 수 있었다.

"아아, 물론 마을까지 데려다주지. 이쪽이야. 자, 따라와!"

그렇게 말한 남자가 가리킨 방향은 물론 마을과 정반대였다.

하지만 두 사람은 순순히 남자들의 뒤를 따랐다.

그리고 잠시 걷다가…….

"어머나? 이쪽은 마을 방향이 아닌데?"

"정말이네! 여기는 숲을 나가는 오솔길이야. 저 봐, 저기 큰 나무들이 있는 곳이…….″

소녀들이 멈춰 서서 떠들기 시작하는 모습을 보고 폭소하는 남자들.

"하하하, 너무 늦게 알아차렸다고!"

"여기까지 왔으니 일단 안심해도 되겠지. 걱정하지 마라, 너희에게는 부자 주인님 품에서의 안락한 삶이 기다리고 있으니. 그런 시골 촌구석 생활이나 우리처럼 늘 위험이 따르는 깡패 생활보다 훨씬 나은 삶을 살 수 있으니 행복할 거다. ……아니, 비꼬는 게 아니라 진심이라고!"

하긴 이 남자들의 말도 일리는 있었다.

……하지만 그렇다고 해서 노예사냥이 용납되는 것은 아니었다.

"……없나~……."

"응? 뭐가?"

소녀 중 하나가 한 말을 알아듣지 못해 되물은 리더.

그리고 두 소녀가 두 눈을 번쩍 뜨더니 꺼림칙한 표정으로 중얼거렸다.

"나쁜 아이는 없나~……."

"와인은 비네가~……."*

"무, 무슨……."

"뭐야, 너희!"

조금 전까지만 해도 분명히 겁에 질려 있었던 수인 아이들.

그런데 지금은 꺼림칙한 얼굴로 영문 모를 말을 중얼거리고 있

---

*아키타현 전설의 도깨비 나마하게가 집집마다 돌며 잘못한 어린이를 혼낼 때 하는 말인 「悪い子はいねが」의 말장난)

었다.

남자들이 이상하게 여기는 것도 당연했다.

"유괴범이라는 자백, 받아냈습니다……."

"우리의 몸에 대한 이보다 더할 수 없는 모욕도 받았습니다……."

"판결은?"

""사형!""

허리를 비틀고 양손 검지를 같은 방향으로 향하게 한 이상한 포즈로 무시무시한 말을 내뱉는 소녀들.

하지만 꺼림칙하긴 했어도 열 살 전후(로 보이는)의 수인 아이 따위는 험한 일에 익숙한 자신들에게는 핏덩이나 마찬가지. 아무리 인간 아이보다 재빠르고 힘이 있다지만 그래봐야 어린애였다.

그렇게 생각하고 붙잡아 꽁꽁 묶으려고 했는데…….

"아야야야야!"

오른손을 뻗어 소녀의 팔을 움켜쥐려다가 도리어 붙잡혀 비틀렸다.

"이거 놔! 젠장, 호랑이나 그 비슷한 괴력을 가진 계통 수인인가?! 아야, 아프다고! 그, 그만 놔!"

무모하게도 마일을 힘으로 제압하려 했던 남자가 비명을 내질렀고…….

"제기랄, 얌전히 굴어라! 이 꼬맹이……."

레나의 멱살을 잡으려던 남자는…….

푸욱!

"으아아아아악!"

뻗은 오른쪽 손등을 관통당했다.

……송곳처럼 생긴 작은 암살 무기에.

딱히 마술사라고 해서 마법만 쓰면서 싸울 이유는 없다.

오히려 근접 전투 때는 몸을 지키기 위해 지팡이를 쓰며, 대인전을 앞두고 몰래 암살 무기를 지니는 것은 육체 언어에 서툰 후위직에게는 지극히 당연한 일이었다.

레나가 늘 왼쪽 손목과 팔꿈치 사이에 장착하고 있는 그 무기를 지금까지 쓰지 않았던 이유는 단순히 그럴 위기가 없었고, 또 위기가 있었어도 그런 무기를 써봐야 소용없는 경우 (상대가 고룡이라거나) 뿐이었기 때문이다.

써야 할 상황이 오면 팔을 살짝 비틀어 흔드는 특수 동작으로 잠금쇠를 풀어, 순식간에 손에 쥘 수 있었다.

"이, 이놈들……."

상황이 이상하게 돌아간다.

그 사실을 이제야 알아차린 남자들.

원래라면 무서워서 울음을 터뜨려야 할 아이들이 말도 안 되는 반격을 하면서 기분 나쁜 미소를 띠고 있다. 그런데도 이상하다고 생각하지 않는다면 바보겠지.

"삼도천을 건너……."

"저승으로 추방을……."

"지옥으로 귀양을……."

""선고한다!""

마일의 허풍동화에 중독된 레나는 『언젠가 말해보고 싶은 대사 No. 8』을 써먹을 수 있어서 만족했는지 뜨거운 콧바람을 내쉬었다.

……참고로 레나의 『언젠가 말해보고 싶은 대사 No. 1』은 『부탁이야, 나 때문에 싸우지 말아줘!』였다.

예전에 그 대사를 마일에게 빼앗겼을 때는 난리가 났었다.

그나마 마일이 그 대사를 써먹은 상대가 레나 일행과 『원더 쓰리』로 모두 여성이었기에 무사할 수 있었지만.

만약 남자에게 말했다면 어떻게 되었을지…….

"시끄럽다! 다들, 동시에 덤벼서 붙잡아라!"

"""""하얏!"""""

리더 그리고 마일, 레나에게 덤볐던 두 명을 제외한 나머지 다섯 명이 마일과 레나에게 일제히 달려들었다.

그러자 마일이 팔을 비틀어 잡고 있던 남자를 그들 쪽으로 밀어 던지고는…….

""핫 토네이도!""

"""""""으아아아아악~~~!"""""""

핫마법을 폴린에게 전수해준 사람은 마일이었다.

그리고 그걸 본 레나도 마력 소비가 적고 많은 적을 죽이지 않으면서 한순간에 무력화시킬 수 있는 그 마법에 관심이 생겨서 당연히 폴린과 함께 배워 마스터했다.

그리하여 공격은 분노로 불타오른 마일과 레나의 더블 핫 토네이도가 되었고, 유괴범……이랄까, 노예 사냥꾼 일당은 완전히 무력화되어 붙잡혔다.

*　　*

"……그래서 이놈들이 범인인데요……."

붙잡은 노예 사냥꾼 여덟 명을 끌고 돌아와 마을 사람들에게 넘긴『붉은 맹세』.

잡히기 전에 자기들 입으로 노예사냥을 하고 있다고 자백했기에 증거 따위는 필요 없었다. 그리고 설령 자백하지 않았더라도 상황 증거만으로 충분했다.

……어쨌든『붉은 맹세』는 길드를 통한 정식 의뢰를 받고 지정 대상을 잡아 의뢰주에게 넘겼으니까. 나머지는 마을 사람들과 남자들이 해결할 문제지『붉은 맹세』가 관여하거나 책임질 일이 아니었다.

그리고 인간의 정식 사법 기관…… 영주와 그 부하, 왕궁의 사법 부문 등에 따를 필요 없이, 이 마을 사람들이 알아서 취조하고 알아서 처벌해도 문제 될 것 하나 없었다. 수인들은『인간의 법률에 묶인 '인간종'』이 아니니까.

그렇다, 수인의 손에 죽는 것은 고블린과 오크에 잡혀 죽는 것이나 다름없었다.

그리고 고블린, 오크와 달리 수인들은 헌터와 병사들의 손에 죽을 일은 없었다. 『아인대전』 종결 때 맺은 옛 조약 때문에…….

……다시 말해서『하고 싶은 대로』할 수 있다. 심문도, 고문도, ……그리고 처형도.

거기에 공정한 재판 따위는 필요 없다.

그리고 붙잡힌 남자들도 그 정도는 당연히 알았다.

"고생 많았다. 그럼 지금까지 납치한 사람들과 누구에게 팔았는지, 그리고 두목에 대해 말해보실까. 어~이, 기름은 펄펄 끓고 있나? 쇠꼬챙이는 뻘겋게 달궈져 있고?"

웃으면서 부엌을 향해 소리치는 촌장.

그리고『네~에!』하고 돌아온 대답에 남자들이 하얗게 질린 얼굴로 얼어붙으며…….

"으."

"으?"

""""""""""으아아아아아악~~!""""""""""

모든 것을 실토한 노예 사냥꾼들 앞에서 유린기와 오크 고기 쇠꼬치구이를 뜯어먹으며, 앞으로의 계획을 논의하는 촌장 이하 마을 간부들과『붉은 맹세』.

물론 고문 같은 것은 하지 않았다.

조금 전 그것은 촌장이 식사 준비가 잘 되어 가고 있는지 주방에 물어본 것뿐이었다.

……그랬는데 갑자기 남자들이 너무 쉽게 술술 불어서 이상했다.

"정말로 이상한 일이 다 있네요~."

히죽.

마일의 말에 사악한 미소를 짓는 레나 일행이었다…….

                    *   *

"……이렇게 해서 받은 의뢰는 끝났는데 말이죠……."

그렇게 말하며 레나 일행의 눈치를 살피는 마일.

"바보구나. 당연한 거 아냐?!"

"그러니까. 이렇게 어중간하게 끝나면 두 발 뻗고 못 자지!"

"더 많이 잡아야 범죄 노예 매각금의 개인 몫도 늘어나니까요!"

그리고 물론 마일의 바람을 우선해주는 레나, 메비스, 폴린.

이번에 잡은 놈들은 수인들이 인간 측에 넘길지 어떨지 알 수 없다.

만약 넘기지 않고 자기들끼리 『처리』한다면 당연히 범죄 노예 매각금이 발생하지 않고, 물론 『붉은 맹세』가 나눠 받을 몫도 없다. 그래서 폴린의 눈빛은 진짜였다.

"촌장님께 물어보고 왔어요. 이게 최근에 사라진 아이들 명단이에요. 이 세 건 중에 한 건은 끌고 가는 장면을 마을 사람 두 명이 목격해서 싸움으로 번졌는데 그쪽 인원이 더 많아서 달아나버렸대요. 그래서 나머지 두 건과 함께 유괴 사건으로 판명되었다고 하네요."

"만약 목격되지 않았다면 사고나 미아, 또는 마물에게 공격당했다는 식으로 여기고 대처가 늦어져 더 많은 피해자가 나왔을지도 모르겠네……."

조사 결과를 조리 있게 보고하는 폴린 그리고 거기에 코멘트를 다는 메비스.

과연 메비스의 말대로 잘못하면 앞으로도 피해자가 늘어날 게 확실하다시피 했다. 어쨌든 이들은『몰래 납치할 수 없다면 강경책으로 나올 계획』이었던 듯하니.

그리고 그랬다면 성인들 사이에서도 피해가 나왔으리라. 중상 또는 『사망』이라는 형태로…….

"하지만 유괴할 아이에게 마을 사람을 살해하는 장면을 보이면 안 된다고 생각했는지, 아니면 아이를 데리고 달아날 수만 있다면 그걸로 족했는지, 목격자를 쉽게 죽일 수 있는데도 다치게만 했을 뿐이었대요. 죽이면 정보를 은닉할 수 있는데도 그렇게 하지 않았던 건 그렇게까지 나쁜 사람들이 아니어서일지도……."

"바보네. 성인을 죽이고 아이는 행방불명됐다고 하면 살인 유괴 사건 확정이잖아. 그거야말로 영주까지 끌어들이는 대사건이 되어버린다고! 살인 유괴 사건보다야 단순 유괴 쪽이 그나마 낫다고 생각했겠지, 조사하러 오는 헌터와 경관의 수도 그렇고 붙잡히면 내려질 형벌도 그렇고……."

"아……."

레나의 지적을 받고, 자신이 너무 안이하게 생각했다는 사실에 얼굴이 빨개진 폴린.

범죄 노예라도 유기한 노예냐 종신 노예냐, 그리고 배정될 곳이 일반적인 장소냐 광산이냐는 말 그대로 『죽을 만큼 큰 차이』가 있었다. 그러니 범죄자들이 만일 잡히더라도 최악의 사태만은 피하고 싶다고 생각하는 것도 당연하리라.

"게다가 애당초 『어린 소녀 연쇄 유괴범인데 그리 나쁘지 않은 사람들』이라는 말, 좀 모순인 느낌이 드는데……."

그리고 메비스의 재차 타격.

"으으, 알았으니까 그렇게 몰아세우지 마세요……."

두 사람에게 연신 두들겨 맞아 울기 직전인 폴린.

'사진이 있는 것도 아닌 이 세계에서는 얼굴이 다소 노출된다고 해도 별로 대수롭지 않지. 복장이랑 헤어스타일, 수염의 유무 등에 따라 이미지는 확 바뀌는 법이고, 목격자와 또 마주칠 일도 없을 테고, 목격자가 초상화의 명인일 확률은 거의 제로. 게다가 만약에 초상화를 그리는 데 성공했다고 해도 그걸 복사해서 뿌릴 수도 텔레비전 방송으로 내보낼 수도 없잖아. ……그러니까 굳이 목격자를 죽여서 인간들이 진지하게 개입하게 만드는 위험을 무릅쓰진 않겠지…….'

전생에서는 사람 얼굴을 전혀 기억하지 못했던 마일이지만 지금은 조금이나마 기억할 수 있었다.

하지만 일반인에는 크게 못 미쳤기 때문에 『범죄자가 얼굴을 숨길 필요성』을 조금도 이해하지 못했던 것이다.

붙잡은 놈들에게 직접 물어보면 되긴 하지만, 그런 건 물어보든 말든 아무래도 좋았고 물어봤자 어차피 조금이라도 처벌을 줄이기 위해 아무 말이나 둘러댈 테니 별 의미가 없었다.

나중에 진위가 확실히 가려지는 문제도 아니고, 그렇게『듣고 싶은 이야기』를 들려준다고 해서 딱히 처벌이 가벼워지지도 않겠지.

　"뭐, 아무튼 그렇게 됐으니까 일단 이웃 나라에 가서 놈들이 분『수령인』한테 쳐들어가는 거야."

　당연한 이야기지만 그런 놈들이 두목과 직접 만나 거래할 리는 없다. 더러운 일, 위험한 일의 실무자는『그런 사람들』인 것이다.

　"하지만 길드에서 받은 의뢰는 끝났는데 다른 나라 사람을 멋대로 건드렸다가 문제가 되면……."

　"이 마을에서 낸 자유 의뢰도 아니고. 길드를 통하지 않은 자유 의뢰는 무슨 일이 생겼을 때 길드의 지원을 얻을 수 없고, 우리뿐 아니라 의뢰를 낸 수인 측도 입장이 난처해져서 자칫 잘못하면 큰 문제로 발전할 가능성도……."

　"그럼 어떻게 해?!"

　폴린과 메비스가 우려되는 부분을 말하자 레나가 발끈했다.

　그때 지금까지 조용히 있던 마일이 끼어들었다.

　"그렇다고 이대로 가만히 있을 수도 없죠. 이대로 끝내면 이 마을에서 계속 아이들을 납치하기 어렵다고 판단한 악당들이 대거 몰려와 마을 사람들을 다 잡아 마지막으로 한탕하고 가자고 생각할지도 몰라요. 그렇게 해서 성인은 전부 죽이거나 머나먼 나라에서 팔아넘기거나……. 그 후부터는 또 다른 수인 마을을 찾아내면 그만이니까요. 게다가 마을 어른들도 납치한 아이들이 어디로 갔는지 실행범들이 다 실토했는데 이대로 단념할까요? 최악의 경우에는…….”

“““…………”””

레나 일행은 마일의 그다음 말을 쉽게 상상할 수 있었다.

“그럼 어떻게 해…….”

조금 전 레나와 똑같이 말한 메비스.

“어떻게 하려고 해도 모든 방법에는 커다란 문제가…….”

그리고 이어진 폴린의 말.

하지만…….

“문제없어요!”

무슨 영문인지 유난히 자신만만하게 단언하는 마일.

“의뢰는 우리 『붉은 맹세』가 아니라 다른 파티에 하면 돼요. 소속 불명, 정체불명인 파티에!”

“““뭐라고?”””

“파티의 정체도, 의뢰인도 불명. 그러니까 당연히 책임 소재도 불명확하죠. 정의와 어린 소녀를 위해서라면 그곳이 전쟁터 한복판이 됐든 지옥 밑바닥이 됐든 즉시 출격. 죽음을 두려워하지 않는 용병 파티입니다!”

그리고 잠시 후 서서히 미소를 띠기 시작하는 세 사람.

“아아, 그 정체불명의 파티 말이구나…….”

“그 파티에 맡기면 안심할 수 있겠네요.”

“그러네, 탁월한 선택이야.”

그리고…….

""""『붉은 피가 좋아!』, 쳐들어가자!"""""

……지옥의 밑바닥에서 악귀와 악마가 찾아왔다…….

*　　*

"……자, 이렇게 해서 그자들이 실토한 『수령인』을 만나기 위해 이웃나라의 이 도시까지 찾아왔는데요……."

"뭐, 그 녀석들도 『무슨 일이 생겼을 때 버림받고 모든 죄를 뒤집어쓰는 것 아닌가』하고 걱정해서 미리 상대의 신분을 야무지게 확인했다는 게 감탄스럽네."

"그러게요. 정찰(스카우트) 전문직에 정식으로 의뢰해서 상대와 접선할 때 미행시켜 진짜 이름이랑 소속을 확인해두다니, 실력이 상당한데요……."

그런 말을 하는 마일과 레나였는데…….

"정말로 『실력 있는 사람』이면 그렇게 쉽게 붙잡히지도, 애당초 그렇게 몹시 위험한 일을 받아들이지도 않았겠죠! 아무리 수입이 짭짤하다고 해도 단 한 번의 실패에 모든 것을 잃고 파멸할 수 있는 일을 제대로 된 사람이 맡을 리 없잖아요!"

폴린의 단 한마디에 굴복당하고 말았다.

"뭐, 그렇긴 하지……."

그리고 메비스의 굳히기.

"……여, 여하튼 그 『수령인』인지 뭔지를 추궁하러 가자!"

"""하앗!"""

*　　*

"계세요~?! 여기가 유괴한 위법 노예를 사주는 데라고 들었는데요~!"

어느 상점 앞에서 쩌렁쩌렁 소리치는 네 소녀.

"……헉! 그렇게 큰 목소리로 뭐라는 거야!"

몹시 당황하며 가게에서 튀어나온 점원이 소녀들에게 버럭 화를 냈다.

하지만 소녀들은 태연한 얼굴로 그에게 소리쳤다.

"아니, 여기가 『에이럴 상회』 맞죠? 여기 상회장이 지배인한테 명령해 고용한 베델 씨로부터 소개받았거든요. 수인 마을을 덮쳐서 어린 수인 소녀들을 위법 노예로 납치해 팔아치울 수 있다고 들었는데……."

"무, 무무무슨!"

소녀의 말을 끊고 입을 틀어막아야 마땅했다.

하지만 어마어마한 그 말에 너무 놀란 나머지, 큰 목소리로 끝까지 말하게 두고 말았다. 저녁 무렵이라 많은 사람이 오가는 넓은 거리와 접한 가게 바로 앞에서.

웅성웅성……

엄청난 이야기를 듣고 걸음을 멈춘 통행인들.

그리고 점점 사람이 모여들기 시작했다.

수인 마을을 건드리고. 습격에. 유괴에. 그것도 모자라 위법 노예 매매까지.

전부 극악무도하고 굉장한 중죄였다.

"자, 자자잠깐!"

같은 패거리인지, 아니면 아무것도 모르는 말단인지는 모르겠지만 몹시 당황한 점원.

그리고 미소 짓는 네 소녀.

((((씨익…….))))

제108장 섬멸

"이, 이이이, 일단 안으로!"

군중들 앞에서 계속 어마어마한 말을 외치게 했다간 난리가 날 터였다.

……설령 그것이 진실이든 새빨간 거짓말이든 말이다.

유언비어란 진위와 상관없이 『흥미로운 이야깃거리』라면 폭발적으로 퍼지는 법이다. 점점 살이 붙으면서…….

그리고 정정 또는 취소라는 소식은 그만큼 퍼지지 않는 것이 현실이다.

그러니 지금 취해야 할 최선책은 『이들이 더 이상 아무 말도 못 하게 만드는 것』이었으며, 직원의 그러한 판단은 옳았다.

"……그건 상관없는데 만약 이대로 우리가 이 가게에서 영영 못 나오게 된다거나 내일 아침에 강물에 둥둥 떠 있거나 한다면 범인이 누구인지 이 자리에 있는 모두가 증인이 되어 길드와 경비대에 신고할 거거든? 그렇지, 다들?!"

레나가 소리치자 고개를 끄덕이는 군중들.

"…………."

직원도 식은땀을 흘리며 고개를 끄덕였다.

((((뭐, 강물에 뜬다면 그건 우리가 아니라 저쪽이겠지만! 게다

가 『물 위에 뜨기』보다도 『뼈까지 싹 불태워버릴』 확률이 훨씬 높고…….))))

그런 생각을 하면서, 새어 나오는 웃음을 참느라 신묘한 표정이 된 『붉은 맹세』였다.

＊　＊

가게 안쪽의 귀빈 상담용 방인 듯한 곳까지 안내받고 잠시 기다리자 몹시 뚱뚱한 남자 그리고 그를 따르는 남자 다섯 명이 등장했다. 아무래도 차와 다과는 나오지 않을 것 같았다.

"……무슨 속셈이지?"

자리에 푹 앉자마자 자기소개도 없이 대뜸 본론으로 들어가는 살찐 남자.

당연한 말이지만 그가 이곳에서 제일 높은 사람이겠지. 상회의 주인인지는 모르겠지만…….

나머지 다섯 명 중 한 명이 보좌진이고 네 명은 호위로 보였다. 작은 소녀 넷을 상대하는 만큼 호위는 그녀들과 같은 숫자로 충분하다고 판단했겠지.

타당한 판단이었다. ……상대가 『붉은 맹세』 아니, 『붉은 피가 좋아!』가 아니었다면 말이다…….

하지만 야간 경비라면 모를까, 상시로 호위를 넷이나 둔다는 것은 제대로 된 상가라고 보기에 좀 구렸다. 게다가 그 호위들은 별로 성실해 보이지 않고 저급하며 질 나빠 보였다.

103

손님 앞이면 보통은 좀 더 말쑥하고 평범한 호위를 대동하고 나오기 마련인데 말이다.

……아니, 겁주려고 일부러 이런 자들을 데려왔을 가능성도 있나 하고 생각하는『붉은 맹……』,『붉은 피가 좋아!』의 네 멤버.

"""……………."""

『붉은 피가 좋아!』는 남자의 말에 아무 대답도 하지 않았다.

"뭐라고 말 좀 해!"

격앙된 남자를 향해 레나가 조용히 대답했다.

"하지만 그쪽이 뭐 하는 사람인지 모르니까 어디까지 말해도 될지 모르겠잖아. 아무것도 모르는 말단한테 중요한 이야기를 할 수도 없고……."

"윽……."

레나의 주장에 반박할 수 없어 말문이 막힌 살찐 남자.

하지만 일리 있는 말이 분명했기에 솔직하게 말하기로 한 듯했다.

애당초 상대가 이 가게에 찾아온 시점에서 자신의 이름과 위치를 감추는 것은 의미도 없고 그럴 필요도 없었다.

"에이럴 상회의 총지배인 올다인이다. 자, 이제 어떻게 된 일인지 말해보실까……."

역시 정체를 알 수 없는 자들 앞에 상회주가 바로 등장할 리는 없었다.

그래도 처음부터 총지배인이 나온 것만으로도 그들이 이번 사안을 상당히 심각하게 인식하고 있는 것은 틀림없었다.

……그렇다, 적어도 레나 일행을 단순히 용돈 달라고 조르는 꼬맹이로 여기고 가볍게 쫓아낼 생각은 없는 것이리라.

어쨌든 총지배인이라고 밝힌 남자가 그렇게 말하자…….

"말은 무슨 말. 이야기를 들으러 온 건 우리 쪽이거든? 그쪽은 사정을 다 알고 있고 단순히 『들킨 것』뿐이겠지만, 우리는 알고 싶은 게 많아."

레나가 그의 말을 뚝 잘랐다. 그리고 폴린이…….

"우린 댁들에게 딱히 뭘 원하는 게 아니에요. 그냥 『위법 노예로 삼으려고 유괴한 수인 소녀들』을 찾아서 조속히 돌려보내는 것. 그게 우리가 할 일이니까, 댁들은 그냥 수인 소녀들이 어디로 팔려 갔는지 알려주시기만 하면 됩니다. 그 이외의 것을 댁들에게 요구할 생각은 없어요."

"…………."

총지배인이 생각에 잠겼다.

이게 배상금 또는 입막음용 돈을 달라거나 수인을 돌려달라거나 영주 또는 정부에 고발하겠다는 이야기면 대처도 달라진다.

하지만 아이들이 간 곳만 알려주면 나머지는 자기들이 알아서 하겠다, 너희는 가만히 있으면 된다, 이런 이야기면 어떻게든 수습될 가능성이 있기 때문이다.

"……잠깐만 있어 봐……."

총지배인이 자리에서 일어났다.

아마도 상회주와 논의하려고 그러겠지. 과연 총지배인 혼자 결정하기에는 부담이 너무 컸다.

　　　　　　　　＊　　　＊

　"……많이 기다리셨지요. 주인 나리의 허락이 떨어져서 여러분에게 자세한 설명을 할 수 있게 되었습니다. 사실은 마을의 재정난과 식량 부족 때문에 남의 집 고용살이를 할 처지에 놓인 수인 아이들에게 일할 곳을 알선해준 적이 있습니다. 물론 그런 내용의 문서를 가진 중개자가 이야기해준 것으로, 저희로서는 하등의 문제도 없는 상업 활동의 일환이자 자선 사업이라고 표현해도 무방한 일이었습니다. 하나 만에 하나 저희가 속았던 것이거나 선의의 제삼자로 협력한 활동 과정에서 문제 될 만한 게 포함되어 있었을 경우를 고려해, 원래는 절대 발설하면 안 되는 고객 정보 일부를 알려드리도록 하겠습니다. 다만 상인으로서의 신뢰 문제도 얽혀 있는 만큼 저희에게 받은 정보라는 사실은 상대측을 포함해 모두에게 일절 비밀로 해주셔야 합니다. 또 서면 등이 아니라 구두로, 그리고 직접적인 언급이 아니라 힌트만 주는 형태로 정보를 제공하겠습니다. ……동의하십니까?"

　무슨 영문인지 갑자기 말투가 정중해졌다. 아마도 고객 등급이 『트집 잡으러 온 신출내기 헌터 소녀들』에서 『심기를 언짢게 만들면 안 되는 상대』로 바뀌었겠지.

　폴린이 나머지 세 멤버를 보고 고개를 끄덕인 후, 총지배인이 제시한 조건을 받아들였다.

　교섭 성립이었다.

＊　　＊

　정보를 얻고 에이럴 상회를 빠져나온 마일 일행은 그길로 헌터 길드 지부, 경비대 본부, 상업 길드 등을 돌면서 큰 목소리로 보고했다.

　"의뢰 임무 수행 중인『붉은 피가 좋아!』입니다! 이웃 나라의 수인 마을을 습격하고 여러 소녀를 위법 노예로 만들기 위해 유괴한 일당을 추격해 이곳까지 왔습니다! 에이럴 상회에서 판매처를 확인했기에 그곳으로 갈 것입니다. 아, 에이럴 상회에서 그 건을 담당한 사람은 3번 지배인입니다. 실행범은 헌터 길드에서 제명 처리된 범죄자 베델 씨인데, 그 사람은 이미 잡았습니다. 그럼 실례가 많았습니다~!"

　거짓말은 하지 않았다.

　에이럴 상회에는 아무것도 요구하지 않았고 아무 짓도 하지 않았다. 그저 이웃 나라 헌터로서, 출발 전 관계각처에 인사차 들렀을 뿐이다. 그리고 약속한 대로 알려준 거래 상대에 관한 정보는 일절 발설하지 않았다. 파티명 역시 우기면 요즘 같아서는 꼭 『붉은 맹세』로 들리지 않는 것도 아닌 미묘한 발음이었기 때문에 가공의 파티명을 썼다는 비난을 피하기 위한 대책으로서는 완벽했다.

　그렇게 일반인이 몇 명쯤 있는 접수처 앞에서 크게 소리친 후 곧바로 퇴장한 『붉은 피가 좋아!』.

수인 마을, 습격, 어린 소녀, 위법 노예, 유괴까지 하나하나만으로도 강력한 단어의 제트 스트림 어택에 어느 곳 할 것 없이 큰 소란이 빚어졌고 잠깐, 잠깐마아안~ 하는 외침이 들리는 것만 같았지만, 마일 일행은 기분 탓으로 돌리고 각 건물을 재빨리 빠져나왔다…….

그야 소동이 일어나는 것도 당연하다.

잘못했다간 상업 길드의 책임자는 물론 영주의 목까지 날아갈 수 있는 엄청나게 위험한 단어의 연타였으니까.

……물론 『목이 날아간다』라는 비유적인 표현이 아니라 글자 그대로, 물리적인 의미였다.

"뭐, 돌아갈 때도 이 도시를 경유하니까 그때 그 상회 놈들이 아무 처분도 받지 않았을 경우에는…….”

그렇게 말하며 이를 드러내고 사나운 미소를 짓는 레나였는데…….

“"“그럴 리 없지, 암만!"”"

나머지 세 사람이 쓸쓸하게 웃으며 말했다.

……하긴, 그것만은 절대 있을 수 없는 일이었다. 상업 길드 관계자, 경비대 상위층, 그리고 영주가 자신의 지위와 목숨을 잃고 싶지 않다면 말이다.

그렇다, 마일 일행이 유괴 사건에 연루된 자를 그냥 둘 리 없었다.

납치당한 소녀들의 구출뿐 아니라 관련된 악당들은 그 루트까지 통째로 짓밟아줄 것이다. 아주 철저하게.

그렇다, 두 번 다시 그런 범죄를 저지르는 자가 나타나지 않도록……

어린 소녀 유괴 ……특히 수인 소녀 유괴는 어마어마하게 무서운 위험과 불이익이 있다는 사실을 범죄자들의 뼈에 각인시키기 위해서……

* *

"다음은 이름이 뭐시기인 백작령이네요……"

"어어. 아무리 그래도 왕도에 수인 소녀 노예를 데리고 갈 만큼 용감한 사람(바보)은 없을 테니. 보통은 자기 영지의 저택에 두기 마련이지."

"왕도에서는 무슨 일이 생겼을 때 수습할 수 없을지도 모르니까요. 만약 정보가 유출되면 많은 귀족과 상인들, 그리고 왕족의 귀에 들어가는 것도 순식간 아니겠어요? 그런 점에서 자기 영지라면 어떻게든 할 수 있을 테니……"

메비스와 폴린의 말은 옳았고, 왕도에 그런 위험물을 가지고 들어오는, 마치 다이너마이트를 몸에 두르고 불구덩이로 뛰어드는 바보가 그리 많지는 않을 터였다.

그래서 지금 모두가 향하고 있는 곳은 수인 소녀를 산 귀족의 영지, 그리고 대상인이 자신의 출신지에 소유하고 있는 저택이었다.

그리고 물론 마일 일행은『상대와 교섭한다』나『어린 소녀들을 다시 산다』와 같은 생각은 조금도 하지 않았다.

어차피 일부 나라를 제외하면 빚 또는 범죄와 관련한『변제와 징벌 차원에서의 한정적 노예 취급』이외, 예컨대 자업자득인 이유 때문이 아니라 인종적, 종족적이거나 부모가 노예여서 자식도 노예가 되거나 하지는 않았다.

그리고『옛 조약』에 의해 아인을 건드리는 짓이 금지인 이상 인간 측이 자기들만의 독단적인 이유로 수인을 건드리는 것 역시 당연히 절대 금지였다.

……물론 수인 측이 범죄 행위를 저질렀을 경우에는『옛 조약』에 의하여 정해진 절차대로 붙잡아 처벌하지만…….

그러나 거기에『마을에서 평화롭게 살아가던 어린 소녀』가 포함된 것은 말도 되지 않았다.

……절대로.

그래서 마일 일행은 아무런 배려도 주저도 양심의 가책도 없이, 마음 푹 놓고 상대를 실컷 밟아줄 수 있었다. 아주 철저하게 말이다.

물론 악당을 물리칠 때는 거짓말을 해도 무방하다.

약속을 지키거나 성의를 보이는 것은『그럴 가치가 있는 상대』일 때뿐이다.

협박이나 강요 때문에 억지로 한 약속 따위는 지킬 필요가 없다. 마찬가지로 상대가 먼저 규칙을 깼는데 이쪽은 꼬박꼬박 법을 지켜야 하는 이유도 없다.

"그럼 가자. 『붉은 맹……피가 좋아!』, 출격!"

"""하앗!"""

그리하여 지옥에서 온 악귀들의 여행이 다시 시작되었다.

……악마?

차라리 악마가 훨씬 온화하고 사려 깊을 거다.

*　　*

"……그나저나 지나치게 쉽지 않았어요? 산 사람들의 이름 힌트……."

"뭐, 『자기들은 이름을 알려주지 않았다!』라고 주장할 수 있는 방어선을 쳤을 뿐이지 실제로는 전부 실토한 거나 다름없지. 그렇게 하면 자기들은 그냥 놔둘 거라고 생각하고……."

"그렇게 할 리 없는데 말이죠……."

"""하하하!"""

가도를 걸으며 나누는 마일과 폴린의 대화를 복잡한 표정으로 듣고 있던 메비스.

"뭐, 우리의 목적은 수인 아이들을 데리고 돌아가는 거니까 수인을 산 진짜 의뢰인도 실행범이 아닌 단순 중개인에게는 아무 관심도 없을 거라고 생각했겠지. ……물론 우리가 그렇게 받아들여도 이상하지 않게 돌려 말해서 그런 거겠지만……."

하긴 마일 일행이 『의뢰를 받고 행동한 헌터 파티』였다면 의뢰받은 일만 하겠지. 괜한 짓은 하지 않고.

……의뢰 내용이 『아이들 구출』이라면 그저 그것만을 목적으로 삼아서 말이다.

물론 그 과정에서 상대측이 고용한 자들과 싸울 필요가 있다면 그렇게 하겠지만, 굳이 쓸데없이 남의 나라 상인과 갈등을 빚지는 않는다. 얻어야 할 정보를 순순히 제공하고 일단은 『그럴듯한 변명』을 한, 협조적인 『선의의 제삼자』를 주장하는 자들이라면 더더욱.

게다가 어차피 실행범은 붙잡혔고, 이제부터 의뢰처에 쳐들어갈 계획이니 이 루트는 이미 끝난 거나 다름없었으니까…….

……하지만 형식상으로 이 의뢰는 『마일이 길드에 가입하지 않은, 아무 자격도 없는 떠돌이 파티에 의뢰한 것』으로 되어 있었다.

자격 없는 자들에게 한 의뢰이기에 당연히 길드를 통하지 않은 의뢰주(클라이언트)와의 직접 계약, 『자유 의뢰』였다.

그래서 지금 『붉은 피가 좋아!』를 속박할 수 있는 것은 의뢰주의 의뢰 내용과 현지 법률뿐이었다. 그리고 전자는 의뢰주가 마일이어서, 후자는 『중죄를 범한 범죄자를 붙잡기 위해서』이기에 둘 다 제약이라는 기능이 거의 없었다.

"귀족 씨, 무서워! 뭔가가 와, 귀족 씨를 죽이러 우르르 몰려오고 있어……."*

"또 뭐라는 건지…….."

"히로코짱이에요, 데뷔작이라고요! 증명해버릴게요!"

---

*일본 영화 『야성의 증명』에서 배우 야쿠시마루 히로코가 한 유명 대사.

"아니 무슨 소리인지 모르겠다고!"

마일이 또 알 수 없는 말을 했지만, 늘 있는 일이었다. 그래서 다들 가볍게 넘기고 끝났다.

……어쩔 수 없었다.

너무 바꾼 데다, 현대 일본인이라도 이해할 수 있는 사람이 별로 없을 소재였으니…….

"진짜! 빨리 가기나 하자고! 이 도시에서 우리가 위법 노예 유괴 루트를 쫓고 있다는 사실이 다소 퍼진다고 해도 큰 영향이야 받지 않겠지만……. 그리고 그 상회 놈들은 자기들이 살기 위해 거래처를 팔았다는 사실이 알려지는 걸 바라지 않을 테니, 굳이 직접 판매처에 연락하지도 않을 거고 어차피 곧 시작될 취조 때문에 그럴 겨를도 없겠지만……. 그런 시기에 판매처에 연락하는 것 자체가 자살 행위니까. 또 소문이란 건 그 정도로 빠르게 퍼지진 않는 법이고. ……적어도 우리가 곧장, 전속력으로 현지에 도착하는 것보다 빠르진 않겠지. 소문은 곧장, 전속력으로 퍼지는 게 아니니까 말이야. 누군가가 목적을 가지고 특정 상대에게 알리려고 하지 않는 한……. 그리고 우리의 이동 속도는 소문이 다른 도시에 확산될 때의 주력인 상인들의 짐마차보다 훨씬 빠르잖아. 즉, 『문제없다』라는 이야기지만 그래도 조금이라도 더 빨리 이동하는 편이 좋다는 건 달라지지 않는 사실이니까."

레나의 말에 고개를 끄덕이는 마일 일행.

상점에서 확인한 거래 상대는 총 셋. 마을에서 확인한 피해 건수와 일치했다. 아마 솔직하게 분 것이리라.

그도 그렇겠지.

군중 앞에서『만약 우리가 이대로 나오지 않으면』이라고 소리친 데다가, 이 파티에 의뢰한 자가 있는 이상 만약 이 파티가 행방불명이 되었을 경우에는 새로운 헌터 파티가 고용되고 전임자가 어느 시점에서 소식이 끊겼는지 바로 알게 되리라.

그렇게 되면 미소녀 대량 살인 사건의 용의자로, 그리고 헌터 길드의 보복으로 유괴 사건 취조 때까지 기다릴 것도 없이 확실하게 아웃이다.

또 적당한 거짓말을 둘러대도 금세 탄로 나 화만 더 키워서, 이번에는 자신들까지 경비대에 넘어가 철저히 추궁당하겠지.

……완전한 아웃이다.

그렇다, 그 상점 주인은 진실을 말하는 것 이외에 다른 선택지가 없었다.

그렇기에 폴린도 상대의 말을 의심해서 집요하게 물고 늘어지며 추궁하는 행동을 하지 않았다.

만약 그렇지 않았다면 폴린과 레나의『몇 번이고 몇 번이고 같은 질문을 반복한다』라는 취조 방법이 실행되었을 터다.

그렇다, 정신적으로 궁지에 몰다가 말에 모순이 생기면 그 부분을 철저하게 추궁하기 위해서…….

"……어쨌든 우리는 약속을 분명히 지켰어. 거짓말은 하지 않았어. 우린 그냥 출발하기 전에 관계 각처에 들러 인사했을 뿐이라고. 그러니까 신경 쓸 필요 하나도 없어…… 아니 악당이 제대로 처벌받았는지 돌아가는 길에 확인하는 걸 잊으면 안 된다는 것 말고는 신경 쓸 필요가 없다는 뜻이야. 자, 그럼 일단 시골 영주한테 가야지. 얼른 움직이자!"

""하앗!""

아무리 헌터 중에 난폭한 사람이나 무법자가 많다고 해도 그들역시 일단 귀족에게는 제대로 예의를 갖춘다.

다들 괜히 목숨이 걸린 위험에 노출되거나 굳이 권력자를 적으로 돌리고 싶지는 않은 법이니⋯⋯.

『붉은 맹세』역시 그래서 평소에 입이 험한 레나조차 귀족을 상대할 때는 일단 정중한 말투를 썼다.

⋯⋯다만 그것은 상대가『일반적인, 상식의 범위 내에 있는 귀족』일 때의 이야기였다.

화나게 하면 설령 상대가 왕족이라도 물불 가리지 않는다.

그리고 상대는 즉사한다(이터널 포스 블리자드).

*   *

"여기가 그레이나크 백작령이구나."

첫 목적지에 도착한『붉은 피가 좋아!』일행.

"우선 숙소부터 잡자."

과연 도시에 도착하자마자 사전 조사도 없이 대뜸 영주 저택에쳐들어갈 정도로 바보는 아니다.

"엥? 이대로 영주 저택에 가는 게⋯⋯."

바보는 아니다. ⋯⋯아마도⋯⋯.

"바보야! 그런 건 영주의 평판이랑 진위를 확인한 다음에 해야지! 사실은 멍청이 아들이나 나쁜 가신의 소행이었고 영주는 나쁜 사람이 아니면 어쩔래? ……심지어 그 사실이『전부 끝나버린 후에』밝혀진다면…….

"아…….'

짐승 귀 소녀에 관한 일 앞에서는 분별력이 없어지는 마일이었지만, 과연 레나의 설명에는 납득할 수밖에 없었다.

그리하여 일단 숙소부터 잡고, 정보를 모으기 위해 헌터 길드로 향하는『붉은 피가 좋아!』였는데…….

"카운터에 짐승 귀 소녀가 없었어요…….'

"그런 여인숙이 흔하겠냐?!'

마일이 끝도 없이 투덜거리자 마침내 레나가 터졌다.

"지금까지 그런 여인숙, 한 군데밖에 없었잖아!'

"하지만……."

마일, 상당히 끈질겼다.

"애초에 짐승 귀 소녀가 그렇게 많이 나돌아다니면 유괴하는 희소가치가 없지!'

"아, 하, 하긴…….'

레나의 설명에 겨우 납득한 듯한 마일.

그리고 헌터 길드 지부에 얼굴을 내밀고 이제 거의 조건반사라고 할까 몸에 밴 습관이라고 할까, 몸이 이끄는 대로 정보 보드와 의뢰표 보드를 체크해서 딱히 특이한 사항이 없음을 확인했다.

이번에는 수행 여행도, 그런 척하고 있는 것도 아니기 때문에 이곳에 있는 모두에게 큰 소리로 인사하거나 하지는 않았다. 수행 여행을 하는 것도 아닌데 다른 지역 헌터 파티가 길드에 오는 이유는 의뢰 수행 중이거나 다른 어떤 사정 때문에 이동하던 중인 것이 대부분이었다. 둘 다, 아무 상관 없는 자가 가볍게 물어봐도 되는 일이 아니었다.

그들이 확실하게 신입 파티였다면 참견하는 자도 있었을지 모른다. 놀린다거나 권유한다거나 저녁 식사에 초대하는, 악의 없는 참견을…….

하지만 보드를 확인하는 방식, 많이 쓴 듯한 장비, 당당한 태도 등을 봤을 때, 아무리 미성년자가 포함된 소녀들이라지만 잘못 파악할 자는 있을 리 없었다.

그래서 그녀들에게 말을 거는 자는…….

"여어, 아가씨들, 이 도시는 처음인가? 괜찮으면 우리가 이것저것 가르쳐줄 수 있는데? 이것저것 말이야, 음하하!"

……바보와 간 큰 사람뿐이었다.

*　*

"……이렇답니다!"

"으음……."

메비스가 자랑하는 동화 베기 4분할 버전을 피로하고 마일이 손가락으로 동화를 『두 번 접기』하고 레나가 폭렬마법인 염탄으로 저글링을 선보이고 ……그리고 폴린이 씨익 웃기만 한 것에서

게임 끝이었다.

폴린은 아직 마법을 보여주지도 않았는데, 그저 웃기만 했을 뿐인데 남자들이 절규하자 화가 머리끝까지 났는데…….

그리고 별안간 이해력이 좋아진 남자와 그 동료까지 총 다섯 명은『붉은 피가 좋아!』의 네 사람에게 이것저것 가르쳐 주었다. 음식 코너에서, 굳은 얼굴로 가벼운 식사와 주스까지 사주면서.

조금 떨어진 곳에 있던 다른 헌터들 그리고 접수 카운터 너머에 있던 길드 직원들로부터, 역시 잔뜩 경직된 얼굴로 보내는 시선을 받으며…….

마일 일행은 그러한 시선을 조금도 개의치 않았다.

……익숙했다.

그저 그것뿐인 이야기였다…….

그리하여 가여운, 아니 마일 일행에게 목적이 있었던 만큼 무탈하게 끝난 (음식을 사주면서 쓴 경비를 제외하고) 행운의 남자들에게서 얻어낸 정보란…….

"영주는 돈 밝히고 여자 밝히는……."

"세율은 나라가 정한 범위 내에서 최대치인 6할……."

"거만하고 신분 차별이 심하고……."

"영민에게 바로 폭력을 쓰고……."

""""지극히 평범한 귀족이네요…….""""

그렇다, 지극히 평범한 전형적인 귀족이었다.

　　　　　　　　　 ＊　　＊

"영주가 전형적인 일반 귀족이라는 사실을 잘 알았어요. ……한 마디로 악당이네요!"

"아니아니아니, 아까 이야기를 들어서는『전형적인 일반 귀족』일 뿐이지 딱히 극악무도한 인간라든지 범죄자(귀족을 규탄할 수 있는 수준)인 건 아니잖아. 그 정도로 저택에 쳐들어갔다간 오히려 우리가 무단 침입한 강도에 흉악 범죄자가 되어버린다고!"

"그렇지……."

단락적인 이야기를 하는 마일을 말리는 메비스와 레나.

"절대 착한 놈은 아니지만 어쨌든 일반 귀족의 범위 내에 있으니까요. 덮어놓고 무조건 밟기에는 아직 정보가 부족해요."

"맞아……. 그렇다고 해서 우리가 마일의 허풍 동화에 나오는 『간첩 대작전』멤버라든가『고양이 눈 세 자매』같은 조사를 할 수 있는 것도 아니고……."

"너무 시간 끄는 것도 그런데. 어쩌지……."

고민에 빠진 얼굴인 폴린, 레나, 메비스였는데…….

"그럼 영주 저택에 가서 영주한테 직접 확인해 봐요!"

마일이 그렇게 제안했다.

"마일……."

"마일짱……."

"마일, 그건……."

"""너무 좋은 생각이잖아!"""

……『사전 조사도 없이 영주 저택에 쳐들어갈 바보는 없다』라
는 건 그저 환상에 불과했단 말인가…….

*　　*

"……그리하여 영주 저택까지 왔는데요……."

"일단 문을 두드려보자!"

마일의 설명 같은 대사에 그렇게 대답하고 도어 노커로 손을 뻗
는 레나.

왕궁도 아니고 그냥 지방 귀족의 저택 앞에 문지기가 서 있지
는 않았다.

물론 경비는 있지만, 단순히 위용을 드러내기 위한 겉치레용
문지기를 상시 세워두는 것은 의미도 메리트도, 그런 데 쓸 예산
도 없었다. 경비원들은 저택 안에서 대기했고 손님이 왔을 때의
응대는 일반 하인의 역할이었다.

그리고 정식 손님이 아닌 자, 즉 드나드는 업자나 하인에게 용
무가 있는 자들은 뒷문을 쓰는데, 물론『붉은 피가 좋아!』가 지금
서 있는 곳은 정면 현관이었다.

그녀들이 용건이 있는 쪽은 영주 본인이지 하인이 아니다. 그
러니 당연히 사용하는 쪽은 정식 손님용 정면 현관. 하나도 이상
할 게 없었다.

……이 네 사람의 상식으로는.

똑똑 도어 노커 소리가 나자, 머지않아 나이 지긋한 남자 하인

이 모습을 드러냈다.

아마도 집사(버틀러)쯤 되겠지. 하인의 정점에 있는 가령(家令, 스튜어드) 다음으로 상급 하인이다.

정면 현관을 통해 방문하는 사람은 약속을 잡은 게 아니라면 왕궁에서 온 급사, 다른 귀족가에서 보낸 심부름꾼, 상업 길드나 헌터 길드 지부의 길드 마스터가 보낸 연락원, 그리고 수상한 자들까지 다양하게 나눌 수 있다.

그래서 중요한 손님에게 실례가 되지 않도록, 그리고 수상한 자들이라면 주인이 괜히 번거로워지지 않게 완전히 차단하기 때문에 지식과 판단력이 요구되었다. 절대 그냥 메이드 따위에게는 맡길 수 없는 역할이다.

"어디서 오셨습니까? 방문 약속은 하셨는지……."

물론 약속된 손님이 아니라는 것은 알고 있었다. 그 정도도 파악하지 못하는 집사가 있을 리는 없다.

그리고…….

"의뢰를 받은 헌터입니다. 백작님이 사신 노예 수인 소녀 건으로 좀 여쭤볼 것이 있어서……."

딸랑딸랑딸랑…….

메비스가 생글거리며 말한 순간, 핸드벨 소리가 울렸다.

아무래도 집사가 등 뒤로 몰래 쥐고 있던 종을 흔든 모양이었다.

……물론 경비에게 보내는 신호겠지.

"주인님께 여쭤보고 올 테니 잠시만 기다려 주시지요……."

경비원이 저택 안 특정 위치 그리고 뒷문을 통해 돌아 나와서 그들의 뒤를 막기 위해 자리 잡을 때까지 시간을 벌기 위한 말을 하는 집사.

저택 안에 들일 것도 없이 이 자리에서 붙잡을 계획이리라.

'경계 태세!'

그런 의미를 담아서 멤버들에게 핸드 사인을 보내는 메비스였는데, 물론 그 신호를 확인할 것까지도 없이 다들 이미 기습에 대비해 경계하고 있었다.

어디까지나 정식으로 방문해 면회를 요청한『붉은 피가 좋아!』.

그런 그들을 문전박대한 것까지는 괜찮다. 아무런 문제도 없다.

하지만『수인 소녀 건』이라는 말만 듣고 갑자기 공격하거나 붙잡으려고 한다면 아웃이다. 아무리 귀족이라도 그것은 명백한 범죄 행위였다.

또, 평소 같으면 방문한 자의 비참한 미래가 약속되어 있겠지만 이번에는 사정이 조금 달랐다. ……방문자가『붉은 피가 좋아!』라는 정체불명의 파티였기에…….

((((일이 빨리 진행되네. ……잘 됐어!))))

*　*

"……자, 그럼 안으로 드시지요."

""""""오잉?""""""

저택 안에서 경비가 나타나지도, 예상했던 후방 포위나 기습 공격도 없이 정말로 잠깐 기다렸을 뿐 저택 안으로 안내받자 어리둥절해진 마일 사 인방.

'일이 어떻게 돌아가는 거야…….'

'나도 모르지…….'

그런 말을 속닥거려봤자 아무런 의미도 없다.

'이건 그거예요, 숨어 있다가 갑자기 덮친다거나 홍차에 독을 탔다거나 하는 패턴이요! 아니, 우리가 정보를 토해낼 수 있게 치사성 있는 독극물이 아니라 마취약 같은 걸 썼을 가능성도…….'

"'아하…….'"

폴린의 추리에 납득하는 세 사람.

과연 마일 일행이 누구에게 의뢰를 받았고 어디에서 정보가 샜는지 확인하려고 하는 것은 당연하겠지.

그렇다면 굳이 현관 앞에서 대판 싸움을 벌여 이웃의 주의를 끌거나 비싼 현관 건축 자재에 흠집이 나게 하거나 세간을 망가뜨리거나 괜히 경비 중에 사상자가 나오게 할 필요는 없다.

상대가 바라는 대로 집안에 들여 깊숙한 곳까지 오게 만든 다음 방심했을 때 치는 것은 흔한 수법이다.

그래서 다들 방심하지 않고, 특히 문 앞을 지나갈 때라든지 복도 모퉁이 같은 데서는 긴장을 늦추지 않았다.

……마일만 빼고.

마일도 물론 경계는 했지만, 이런『불시 공격으로 동료가 즉사할지도 모르는』상황에서 능력을 아낄 리 없는 만큼 처음부터 탐색 마법을 가동했기에, 복병이 없다는 사실을 알고 나오는 여유였다.

그렇게 안내한 집사가 어느 문 앞에 서서 가볍게 노크했다.

"……손님을 모셔왔습니다."

"들어와!"

말이 손님이지 약속조차 잡지 않은 낯선 평민, 게다가 『노예 수인 소녀』와 같은 어마어마한 말을 내뱉은 자들이다. 심지어 평민 중에서도 가장 하층에 속하는 신입 헌터.

대규모 상회 주인이라면 또 모를까, 절대로 진지하게 상대해 줄 지위가 아니었다.

그러니 아무렇게나 대하거나 잘난 척해도 어쩔 수 없었다.

……아니, 『잘난 척』이 아니라 실제로 『잘났』지만…….

애당초 마일 일행을 저택에 들이는 것 자체가 무슨 꿍꿍이라도 있지 않은 한 말이 안 되는 일이었다.

물론 그것이 오히려 마일 일행에게는 이 귀족이 뭔가 꾸미고 있다는 사실을 똑똑히 알려준 셈이 되지만…….

집사가 문을 열자 마일 일행의 눈에 비친 것은…….

커다란 테이블 건너편의 비싸 보이는 의자에 앉아 있는, 뚱뚱하고 머리숱 적은 중년 남성.

그리고 그 양쪽에 서 있는 호위인 듯한 세 남자.

마일 일행보다 한 명 적지만, 스무 살도 채 되지 않은 소녀 둘과 미성년자 아이 둘 정도라면 문제없다고 판단했으리라.

그리고 만약에 밀린다고 해도 백작 역시 어린 소녀 한 명 정도야 제압할 수 있다고 생각했을까…….

아무리 뚱뚱하다지만 귀족의 적통 계승자인 만큼 젊었을 때 검술 정도는 익혔을 테고, 언뜻 무방비한 상태로 보여도 테이블이나 어딘가에 숨겨둔 무기가 있는 것은 상식이었다.

"흐음, 보고 받은 대로 미인들만 모였군. 자리에 앉지."

작전상 만나기로 한 것인지, 아니면 방문자가 젊은 여성이라는 사실을 듣고 만날 생각이 들었던 것인지는 모르겠지만, 일단은 대화할 의사가 있는 듯했다.

"""…….""""

말없이 자리에 앉는 마일 일행.

왠지 다들 의식적으로 평정을 가장하고 있기라도 한 듯 부자연스러운 표정이었다.

아마도 『미인들만 모였다』라는 말에 좀 기뻤겠지.

지금 백작의 입장을 봤을 때 뻔한 사탕발림을 할 필요는 전혀 없다. 또 그 말투는 상대를 기분 좋게 하는 인사말 같지도 않았다. ……요컨대 솔직하게 『그렇게 생각했다』라는 거다.

아무리 상대가 악인이라도 진심이 담긴 칭찬은 여성으로서 기분이 나쁘지 않다. 설령 그게 엉큼한 속내가 담긴 말이라고 해도…….

의자는 마일 쪽 인원에 맞춰서 네 개가 준비되어 있었다. 백작이 앉아 있는 곳으로부터 제일 먼 쪽에.

인간은 앉은 상태에서 공격 동작으로 바꾸려고 하면 아무리 해도 움직임이 늦기 마련이다. 또 테이블이 방해되어 백작에게 바로 검을 휘두르기는 불가능하며, 우회하는 공격도 백작의 양옆에서 있는 호위들에게 쉽게 막힐 터였다.

……다시 말해, 마일 일행을 자리에 앉히는 것은 백작의 안전을 보장한다는 뜻이었다. 딱히 평민 손님을 배려해서가 아니다.

그런 부분을 다 알고도 마일 일행은 자리에 앉았다.

……뭐, 모두 무영창이나 영창 생략 마법과 『기』의 힘에 의한 원격 공격이 가능한 『붉은 피가 좋아!』 입장에서 그것은 별로 큰 문제가 아니었다. 메비스 이외에는 방어 마법도 쓸 수 있고, 메비스 역시 호위들이 검을 쥐고 테이블을 돌아 들어올 동안 이미 일어나면서 검을 뽑는 것 정도는 가능했다.

"……그래, 신출내기 헌터인 자네들이 귀족인 나에게 무슨 일로 왔지?"

물론 현관에서 한 말은 전달되었겠지만, 모른 척 태연하게 묻는 백작.

"네, 백작님이 사신 노예 수인과 관련해서 좀……."

민감한 화술 대결(말싸움)은 물론 폴린 담당이었다.

귀족을 상대로 처음부터 시비조가 아니라 평소와 같이 경어를 쓰면서 대화 가능한 인재는 그녀뿐이었다.

메비스는 백작과 대화하게 되면 분명 귀족다운 언동이 나와 버리고 말 테니 곤란했다. 그래서 지금은 폴린이 유일한 선택지였다.

"노예 수인? 무슨 말인지 도통 모르겠구나……. 만약 그런 자가 있다면 큰일이지. 그런데 아무 증거도 없이 대뜸 귀족 저택에 쳐들어와서 그런 말을 하면 어떻게 될 것 같으냐? 본인이 지금 무슨 말을 하고 있는지 알고는 있는가?"

백작은 끝까지 오리발을 내밀 작정인 듯했다.

폴린이 마일 쪽을 힐끔 쳐다보자, 마일이 슬쩍 고개를 아래위로 움직였다.

……그렇다, 『계속하라』라는 신호였다.

마일은 탐색 마법으로 주위에 있는 생물을 탐지할 수 있다. 그리고 탐지한 목표물이 무엇인지도 어느 정도는 식별 가능했다. 그것이 인간인지 엘프인지 마족인지 ……또는 수인인지를 말이다.

요컨대 방금 한 신호는 마일이 이 저택 내에 수인이 있음을 확인했다는 뜻이었다.

그렇기에…….

"네. 확신하고 있습니다."

"……."

물러설 모습을 보이지 않는 폴린과 나머지 셋.

과연 백작이 어떻게 나올까.

'여기서, 『선생님, 부탁드립니다!』하고 나오려나…….'

마일이 그렇게 생각하고 있는데…….

"……아!"

백작이 갑자기 이상한 표정을 지으며 소리쳤다.

그리고 문 쪽에 서 있던 집사에게 지시를 내렸다.

"리리아를 데려오게."

"네."

아무리 태도가 나쁜 귀족이라도 하인에게는 『데려와!』 같은 명령조가 아니라 정중한 말투를 쓰는 모양이었다.

'집사 정도 되는 위치의 하인에게 원한을 샀다가 적대하는 귀족에게 정보가 흘러가거나 비리를 만들거나 자는 사이에 목이라도 베이면 큰일이니까…….'

마일은 그런 생각을 했지만, 사실 하인이 주인을 그런 식으로 배신하는 일은 그리 흔하지 않다.

딱히 충성심이라든지 그런 문제가 아니라, 만약 들켰다가는 일족 말살도 충분히 있을 수 있었으니 그런 위험을 무릅쓰고 싶지 않아서일 뿐이었다.

1분도 채 지나지 않아 집사가 돌아왔다.

……4~5살 정도로 보이는 어린 소녀 그리고 그녀의 손을 잡아끄는 6~7살 무렵의 남자아이를 데리고…….

남자아이는 꽤 고급스러운 옷을 입고 있었다. 그야말로 『THE 귀족 적통 계승자』라는 느낌이었다. 그리고 여자아이는 그 정도로 비싸 보이진 않았지만 약간 유복한 평민 아이가 입을 법한 원피스 차림이었다. ……그리고 머리 위에 두 개의 고양이 귀가…….

"""""앗?"""""

겉으로 봤을 때 머리카락은 복슬복슬하고 뺨이 통통한 것이 영양 상태가 양호한 듯했고, 어디 다친 데가 있는 것 같지도 않았다. 그리고 생글생글 기분 좋은 미소를 짓고 있었다.

이렇게 짧은 시간 동안 옷을 갈아입히고 머리카락을 빗겨 주었다고 생각하기는 힘들다. 그러니까 이게 평소 모습이겠지.

폴린이 긴가민가하면서 주뼛주뼛 소녀에게 말을 걸었다.

"……저, 저기, 세리짱…… 맞죠? 부모님이랑 마을 사람들이 걱정하고 있어요. 우리와 함께 마을로…….".

"싫어어어어어! 그런 데로 돌아가고 싶지 않아! 난, 이 집 아이가 될 거야아아앗!"

"""뭐야, 이게에에에에에!"""

영문을 알 수 없는 마일 일행이었다…….

"이, 이게 어떻게 된 일이야!"

상황 파악이 되지 않아 백작에게 따지는 레나.

"아니, 어떻게 된 일이냐고 물어도 말이지……. 보는 대로야. 원래 받아주기로 되어 있던 고용주에게 어떤 문제가 생겨서 고용살이하러 들어가지 못하고 오갈 데 없는 신세가 된 수인 아이가 있다고 상인이 말하는 거야. 그게 일반 인간 아이라면 모를까, 수인이면 나쁜 놈의 손에 들어가 큰일 날 가능성이 있지. 이 세상에는 인간 지상주의자라든지 이상한 성적 취향을 가진 놈도 있으니까. 내 영지 내에서 불미스러운 일…… 그것도 치명적인 일이 일어나서는 안 되니까 내가 받아들인 거야. 부모에게 50년 치 임금을 선물로 줬다는 둥 어떻게 다뤄도 상관없다는 둥 사고사 해도 문제없다는 식으로 나왔는데, 그래서야 거의 인신매매고 노예나 다름없지. 그래서 수인 아이라고 터무니없이 구는 상인의 약점을 잡아 값을 후려쳐서 우리 집의 견습 하인으로 고용했다네. 지금은 아직 우리 아들의 놀이 상대로만 지내고 있지만……."

보니까, 어린 소녀는 백작 아들의 등 뒤에 숨어 있었고 백작 아들은 마일 일행을 무섭게 노려보고 있었다.

　마일이 그 이상할 정도의 성능을 자랑하는 시력으로 어린 소녀를 꼼꼼히 관찰하니, 얼굴과 팔다리에 멍 같은 상처도 없었고 백작 아들을 완전히 신뢰하고 있는 눈치였다.

　그리고…….

　"리리아를 보낼 것 같아?! 리리아는 내가 목숨과 바꿔서라도 지켜낼 거야! 리리아는 내가 행복하게 해줄 거라고!"

　"아무것도 없고 배고프고 오빠랑 남동생 우선이어서 여자애인 나한테는 남은 거나 주는 그런 집은 싫어! 돌아가고 싶지 않아아 아아!"

　백작 아들은 아직 어린데도 불구하고 남자답게 큰소리쳤고, 리리아는 마을로 돌아가는 것을 필사적으로 거부했다.

　그리고 고개를 끄덕이며 다정한 눈빛으로 바라보는 백작.

　"""…………""""

　소년의 결의 표명 그리고 어린 소녀의 진심이 담긴 외침에 마일 일행은 아연실색했다.

　"어, 어떻게 된 일이야…….."

　"수인은 엘프 이상으로 남존여비가 강해. 다산이어서 아이에게 소홀하기도 하고. 형제가 많으면 여자아이는 좀……."

　네 명 중 다른 종족에 대해 가장 자세히 알고 있는 메비스가 그렇게 설명하자 깜짝 놀란 레나 일행.

　"……혹시 저희 쪽이 악당인가요……."

　폴린이 불쑥 중얼거렸다.

그리고 마일이 소리쳤다.

"……무죄! 철수! 철수우~!"

그 후 혹시 몰라 리리아(마을에서의 이름은 세리인데, 이곳에
서는 상인이 붙여준 새 이름을 쓰는 듯했다. 마을에 돌아갈 생각
은 전혀 없는 모양)의 팔다리와 등 쪽에 상처가 없음을 확인했다.

결국 리리아가 가족에게 보내는 전언(메비스가 『그래도 조금만
부드럽게 할 수 없을까』하고 설득할 정도로 신랄했던)만 받고 이
만 물러가기로 한 『붉은 피가 좋아!』.

그런데 그 전에…….

"""""죄송했습니다~~!"""""

백작에게 정식으로 사죄한 네 사람이었다…….

＊　　＊

"쓸쓸하게 웃긴 했어도 용서해줘서 다행이에요~."

"그래, 잘못했다간 일이 복잡해질 수도 있었는데 살았어……."

그 후 백작 일행과 잠시 대화를 나눠보고 마일은 바로 알 수 있
었다.

아아, 이 부자는 나랑 같은 부류다 하고…….

짐승 귀 소녀 애호가.

나쁜 의미가 아니라 정말 귀여워한다는 의미로…….

그렇지 않다면 백작이 굳이 수인 소녀를 받아들여 저택에서 돌

봐줄 리가 없다. 어떤 이유가 있어서 받아들인다고 하더라도 고아원이나 어느 평민 집에 보내 돌보게 하면 그만이었다.

한편 백작 아들 쪽은 왠지 이대로 연하의 친구와 함께 지내다가 자연스럽게 결혼을, 하고 계획하는 기색이 농후했다. 백작 역시 허락한 느낌이었고.

……물론 수인은 백작의 정실부인이 될 수 없다.

그건 수인이 아니라 일반 평민도 마찬가지다.

하지만 애첩이 되는 것에는 아무런 문제가 없다. 태어난 아이에게 작위 계승권도 없지만, 정실부인의 아이와 함께 자라서 적통 계승자의 호위가 되면 된다.

신체 능력이 우수하고 절대 배신할 일 없는 호위.

게다가 언젠가 수인들과 거래하거나 교섭해야 할 때 훌륭한 가교 구실을 해줄 것이고, 『수인도 차별하지 않고 적통의 호위를 맡기다니 이 얼마나 인격이 훌륭하신 분인가!』하면서 인간 지상주의자를 제외한 나머지 사람들과 다른 종족이 백작을 높이 평가하게 될지도 모른다.

또 작위 계승권이 없다는 건 정부인이 경계하거나 적대할 염려가 없다는 뜻이니, 잘 처신하면 본부인 및 그 자식들과 좋은 관계를 구축할 수 있겠지.

……한마디로 리리아의 미래가 상당히 밝다는 뜻이었다.

적어도 남존여비가 강한 마을에서 사는 다른 수인 소녀들이나 밑바닥 직업인 헌터로 살아가는 C등급 이하의 인간들에 비하면 훨씬…….

"그나저나 설마 백작이 마일이랑 수인 이야기를 꽃피우면서 기분이 다 풀릴 줄이야……."

폴린, 메비스, 레나가 안심했다는 투로 그렇게 말했는데, 마일은…….

"하지만 문제가 생길 때를 대비해 쓴『붉은 피가 좋아!』파티명이 있잖아요? 만약 문제가 일어났어도 전력을 다해 도망치면 어떻게든 되었겠죠?"

"""…………."""

마일, 세상을 너무 얕보고 있었다.

"하긴『붉은 피가 좋아!』는 헌터 길드에 등록되어 있지 않고 이런 의뢰가 있었다는 사실도, 수주받은 사실도 없으니까. 의뢰를 받았다면서 마치 길드에서 수주한 것처럼 말했지만, 사실은 마일이 낸 의뢰를 길드를 통하지 않고 직접 받은『자유 의뢰』니까. 표현에 충분히 주의를 기울여서 거짓말은 아니게 했으니 문제는 없지만. 그래도……."

"무슨 일이 벌어지면 헌터 길드가 개입해 도와주지 않을 거야……."

메비스의 말에 그렇게 말을 잇는 레나.

그렇다,『자유 의뢰』는 딱히 나쁘지 않고 길드의 규약을 위반한 것도 아니다.

……단지 무슨 일이 생겨도 길드는 절대 관여하지 않는다. 좋은 의미로도 나쁜 의미로도.

모든 것은 자기책임, 이익도 불이익도 위험까지도…….

＊　　＊

"……그리하여 이곳이 두 번째 아이를 샀다는 자작의 영지인데요……."

"마일. 너, 왜 새로운 도시에 올 때마다 그렇게 매번 모두 다 아는 내용을 마치『누군가에게 설명하는 듯』말하는 거야? 전에 말했던『클리셰』인가 뭔가 하는 그거니?"

"됐~잖아요, 세세한 건!"

어이없어하는 레나의 지적을 억지로 넘기는 마일.

"이번에는 나쁜 귀족이면 좋겠는데요……."

"아니, 납치된 아이와 영민을 생각하면 그렇게 바라는 게 과연 옳은 일인가 싶어……."

그리고 폴린이 바람을 말하자 씁쓸하게 웃는 메비스.

하긴 그건 당사자들이 들으면 화날 수 있는 바람이었다.

"일단 저번처럼 영주의 평판부터 확인하자. 저번 영주도 수인 아이 페티쉬(마니악)…… 아이에게 관대했을 뿐이지 다른 부분은 평판대로 악질 귀족이었잖아. 사전 조사는 중요하다고."

레나의 말에 고개를 끄덕이는 세 사람.

그렇다, 그 백작은 딱히『좋은 사람』이 아니었다.

그저 수인 소녀를 펫처럼 귀여워했을 뿐이고, 아들이 원한다면 『놀이 상대』로 그리고 나중에는『애첩』으로 삼아도 상관없다고 생각하는 것에 지나지 않았다.

　나쁜 사람도 가족과 반려동물에는 다정한 경우가 있다.

　그 악명 높은 두목 브라이킹 보스*조차도 로봇 백조 스와니를 귀여워하지 않았던가…….

　하지만 과연 같은 일이 두 번 연속으로 일어날 거란 생각은 들지 않았다.

　그리하여 이미 패턴이 된 행동, 다시 말해 일단 숙소부터 잡고 헌터 길드 지부에 가서 정보 수집이라는 루트를 밟는『붉은 피가 좋아!』였다…….

*　　*

　"덴푸라였네요……."

　『『텐프레』(템플릿)지,『텐프레』! 덴푸라는 맛있는 거고!"

　그렇게 말하며 폴린이 틀린 말을 바로잡는 레나.

　어쩔 수 없다. 그 단어는 마일이『일본 전래 허풍동화』에 자주 나오기 때문에 레나 일행도 뜻은 알고 있었지만, 마일이 일본에서 쓰던 단어 그대로『텐프레』라고 했기 때문에 마찬가지로 일본에서의 명칭을 그대로 발음한『덴푸라』와 혼동하는 것도 무리가 아니었다. 그녀들은 어원을 모르니『낯선 이국의 단어』,『그냥 아무 의미 없는 발음의 나열』로만 들렸으니까…….

---

*만화『캐산』시리즈의 메인 빌런.

그렇다, 조사 결과 이곳 영주인 자작은 역시 전형적인 소인배 귀족이었다. 흔히 있는 유형의…….

그래서 인제 와서 새삼스럽게 뭐라고 할 말은 없었다.

다만…….

"이번에는 괜찮을까?"

마일에게 묻는 메비스.

아니, 그 마음은 이해한다. 첫판부터 그랬으니…….

"모르죠, 그거야!"

그리고 마일이 살짝 발끈하며 대답하는 것도 무리는 아니었다.

하긴 지금 그런 걸 물어봐야 대답할 방도가 없겠지…….

제109장 잠입

지난번 일은 해피엔딩(마을 사람과 리리아…… 세리의 가족을 제외하고)으로 마무리되긴 했지만, 마일은 사실『노예로 괴롭힘 당하고 있는 짐승 귀 소녀를 멋지게 구출해, 환희에 젖은 짐승 귀 소녀가 자신의 품에 안겨 좋아라~ 하는』장면을 수십 번, 수백 번 상상하고 소설로 집필하기 위한 문장까지 생각하고 있었던 것이다.

여인숙 카운터의 짐승 귀 소녀 파릴을 사신교도들로부터 구출했을 때 좋은 것 전부『여신의 종』에게 빼앗겼던 만큼 이번에야말로 한을 풀 좋은 기회였는데.

그랬는데.

그랬는데…….

그랬는데에에에!

그래서 마일도 폴린과 마찬가지로『이번에야말로 나쁜 귀족이어라, 제발!』하는 바람이 강했다.

그리고 물론 기사를 동경하는 메비스 역시『붙잡힌 소녀를 악당으로부터 구출해내는 정의의 기사』라는 걸 해보고 싶어 몸이 달았다.

폴린과 레나도 같은 생각이었기에, 결국 이 넷은 비슷한 사람들이었던 것이다.

그렇지 않았다면 아무리 마일이 『자기가 의뢰하겠다』라고 제안해도 단번에 받아들일 리 없다.

그리하여…….

"제가 잠입(스네이크)해서 알아보고 올게요!"*

마일의 선언에 고개를 끄덕이는 레나 일행.

"저번에는 백작의 기분이 좋았고 마일이랑 말이 통했기 때문에 그냥 넘어갈 수 있었지만 그런 행운이 계속 이어지지도 않을 테고, 이번에는 약간 악당 같은 느낌의 자작이니까 그런 실수를 했다간 큰일 날지도 몰라. 그래도 마일은 해야 할 일이 정해져 있는 임무는 잘 해내니까."

레나의 말대로 자유재량이 주어졌을 때의 마일은 많은 주의가 필요하지만, 해야 할 일이 분명히 정해져 있으면 그 일을 확실하게 해내는 우수한 헌터였다.

마일은 일을 수행하는 능력이 있었던 것이다. 『수행하는 능력』은…….

그리고 레나 일행은 마일의 『불가시 필드』를 잘 알고 있었기에 조금도 걱정하지 않았다.

오히려 자신들이 따라가는 게 마일에게는 더 방해된다는 사실을 알고 있었고 마일의 잠입 임무 능력을 조금도 의심하지 않는, 즉 『동료의 능력을 신뢰』했기에 안심하고 맡길 수 있었다.

---

*스네이크는 『메탈기어』 시리즈의 등장인물로 특수공작원이다.

　　　　　　　＊　　＊

"그럼 다녀올게요."

끄덕.

마일의 말에 고개를 끄덕이는 레나 삼인방.

조금 일찍 여인숙에서 저녁을 먹고, 밤 1시의 종(오후 6시)이 울리기 조금 전이었다.

도둑질이라면 모를까, 정보 수집을 모두 잠든 후에 시작해서야 의미가 없다. 그래서 하인 대부분이 근무를 마치고 자유 시간이 되는 저녁 식사 직후의 시간대에 잠입하기로 했던 것이다.

설거지와 주방 청소 담당(스컬러리 메이드)과 식품실 담당(스틸룸 메이드) 그리고 경비 이외의 하인 대부분이 근무를 마치고 자유 시간에 들어갈 무렵. 그때부터 취침 전까지 짧은 시간이 하인들의 휴식과 교류 시간이었다.

마일은 지금까지 입수해서 아이템 박스에 저장해두었던 메이드복 중 이 저택 메이드들의 옷과 가장 비슷한 것을 골라 입었다.

……마일은 어째서 그렇게 많은 메이드복을 가지고 있을까?

물론 『숙녀의 취미』였기 때문이다.

그리고 평소처럼 레오타드 느낌의 괴도 복장이 아닌 것은 만에 하나 저택 사람에게 모습을 들켰을 때 『이상한 옷을 입은 수상한 사람』과 『이 집의 것과는 조금 다르지만 어쨌든 메이드복 차림의 미성년 소녀』는 초기 대응이 완전히 다를 거라고 여겼기 때문이다.

전자의 경우 보자마자 소리를 지르겠지만, 후자는 『다른 집에서 심부름 왔나? 아니면 여기서 일하려고 이제 막 와서 아직 메이드복을 받지 못했나?』하는 식으로 생각해, 갑자기 소리 지르거나 하지는 않겠지.

뭐, 그런 이유보다도 만약 수인 소녀와 말할 기회가 생겼을 때 괴도 복장이어서야 잔뜩 경계해 제대로 이야기를 들어보지도 못할 것 같아서 그랬겠지만…….

불가시 필드로 몸을 감싸고 영주 저택에 잠입한 마일.

말이 잠입이지, 상대의 눈에 보이지 않기 때문에 그냥 평범하게 걸어 들어갔을 뿐이지만…….

'자, 짐승 귀 소녀는 어디 있나? 유괴한 위법 노예라지만 겉으로는 평범하게 『부모에게 값을 다 치르고 고용살이로 온 아이』처럼 대하고 있겠지……. 만약 정말로 노예처럼 다룬다면 지하 감옥에 계속 가둬두기만 하지 않는 한은 남들 눈에 띄면 큰일일 테니. 위법 노예, 그것도 수인 소녀면 조금이라도 양심 있는 하인이 관헌에 신고할 가능성도 있고, 양심이라고는 전혀 없는 하인도 적대하는 귀족에게 정보를 팔 가능성이 있고……. 어쨌든 그런 치명적인 소재를 하인에게 줄 리가 없어. 그러니까 짐승 귀 소녀한테는 『부모가 널 판 거야』하는 식으로 대충 둘러대고 구워삶은 다음 좀 클 때까지는 평범한 하인으로 쓸 거 같은데…….'

세상에는 『소녀의 성장을 기다리지 않는 사람들』도 존재하지만, 마일은 그런 부분에 대해 잘 몰랐다.

'아직 어리니까 식사 시중이나 설거지 같은 건 안 시키겠지…….'

딱히 소중하게 여겨서 그런 게 아니라, 몸도 손도 너무 작아 요리가 담긴 접시를 옮기기에 위험하고 설거지도 효율이 떨어져 오히려 다른 사람에게 방해가 되거나 접시를 깰 게 뻔했기 때문이다.

요리를 망치면 혼나는 건 어른 하인들이고, 귀족가에서 쓰는 식기류는 고가다. 그 책임을 지기 싫었겠지.

따라서 식사 시간에 어린 소녀가 있을 곳이라면…….

'있다! 여우 수인 소녀!'

마일이 4~5살 정도에 여우 귀를 가진 소녀를 발견한 것은 비교적 어린 사람들이 배정된 하인 숙소였다.

그래도 역시 수인 소녀만큼 어린 사람은 없었다. 기껏해야 12~13살 정도까지였다. 그보다 어린 나이는 노동력으로도 외형적으로도 좋지 않으니.

'그런데도 굳이 큰돈을 써가며 수인 소녀를 갖고 싶어 하는 건 역시 그래서겠지. ……나의 동지여서! 하지만 리리아짱처럼 잘 대해주는 것까지는 아니더라도 일반 하인만큼 대우해주면 다행인데, 만약 학대라도 받고 있다면…….'

……용서 못 해.

마일의 눈이 그렇게 말하고 있었다.

다른 하인들은 아직 주인 일가의 저녁 식사 때문에 일하고 있는지, 방에는 소녀 혼자 있었다. 주인의 식사가 끝나고 차를 즐길 시간이 되면 하인들의 식사가 시작되고, 그때 아마 이 소녀도 불려가겠지.

'……만약에 부르지 않아서 이 아이만 딱딱하고 보잘것없는 빵만 뜯어 먹는다거나 아예 굶는다면…….'

……용서 못 해.

천지(하늘이 알고) 지지(땅이 알고) 아지아지 강아지!

그런 문구를 머릿속으로 떠올리는 마일이었다…….

지금 접근하기에는 시간이 촉박하다. 곧 하인들의 식사 시간이 될 터였고, 같은 방 사람들이 언제 돌아올지도 알 수 없었다.

식사도 아마 다 함께 먹는 게 아니라 교대로 해서 얼른 끝마치겠지.

그리고 이 아이의 순서가 빠를지 느릴지도 모르는 일이었다.

도움이 안 되니 순서를 뒤로 뺀다거나 어린아이니까 먼저 먹이고 빨리 쉬게 할 수도 있고, 아니면 반대로 제일 마지막 순서로 돌려서 남은 음식을 천천히 실컷 먹게 해주는 온정을 베풀 수도 있다.

지금은 좀 더 정보를 모으는 편이 낫다.

그렇게 판단한 마일은 계속 상황을 엿보기로 했다.

*　　*

'……정보가 전혀 없네…….'

마일이 머리를 감싸 안는 것은 당연했다.

수인 소녀가 이곳에 온 지 몇 달이나 지났으니, 마일이 원하는

대로 대뜸『그나저나 그 수인 아이의 대우 말인데……』라든지
『그 아이의 고용 형태 말인데……』하는 대화가 하인들 사이에서
시작될 리도 없었다.

주인 일가도 인제 와서 그런 이야기를 화제로 삼을 것 같지는
않았다. 잘해야 손님이 왔을 때 보기 드문 수인 아이를 데리고 있
다는 것을 자랑하는 정도인데, 그것도 진짜 사실이 아니라 형식
적『설정』을 말하는 것뿐일 테니 아무 의미도 없다.

'역시 본인에게 직접 물어보는 수밖에 없나……'

그렇다, 어떤 대우를 받든 본인이『그 마을에서 살 때보다는 훨
씬 낫다』라고 판단한다면 더는 간섭할 필요가 없다.

이 의뢰를 아이를 잃어버린 부모가 했으면 이야기는 또 다르다.

하지만 이번에는 그들의 의뢰가 아니라 마일이 직접 임시 편성
한 무등록 파티『붉은 피가 좋아!』에게 낸 자유 의뢰다. 그러니 본
인이 싫다는데 억지로 데리고 돌아가는 것은 단순 납치이자 범죄
행위……그것도 중범죄였다.

또 헌터 길드를 통하지 않은『자유 의뢰』인 데다가 애당초『붉
은 피가 좋아!』는 등록된 헌터 파티가 아니라 아무 자격도 없는
평범한 모임,『사이좋은 파티』에 지나지 않기 때문에 길드로부터
아무런 지원도 받을 수 없다. 일반적인 정규 C등급 파티『붉은 맹
세』가 정식으로 길드를 통해 수주한 의뢰를 수행하고 있을 때랑
은 상황이 전혀 달랐던 것이다.

정체를 숨기고 행동할 때는 이익이 있는 만큼 불이익도 따르는
법이었다……

＊　　＊

　하인들의 취침 시간은 빠르다.

　다음 날 해뜨기 전에 일어나 일해야 하고, 밤늦게까지 깨어 있
으면 양초와 램프 기름 비용이 든다. 그리고 조명이 없는 야간에
는 자는 것 이외에 딱히 할 수 있는 일도 없었다.

　그래서 밤 2의 종(오후 9시경) 이후에는 불을 끄고 침대에 들어
가 같은 방 사람들과 잠깐 담소를 나누다가 한 명, 또 한 명씩 잠
이 들거나 아니면 누군가가『슬슬 잘까……』하고 말하면 모두 일
제히 자는 느낌이었다.

　참고로『붉은 맹세』의 경우 이 시간에는 마일이『일본 허풍 전
래동화』를 피로한다.

　뭐, 마일 일행이야 불을 밝히는 마법 때문에 경비가 들지 않아
밤샘도 가능하지만.

'좋아, 다들 잠들었어……. 그래도 혹시 모르니까 수면 마법
을…….'

　마일은 어느 하인 방에서 수면 마법을 사용했다.

　방 전체가 아니라 한 사람 한 사람 개별적으로.

　그리고 마지막 한 사람에게는 수면 마법을 걸지 않고 그와 자
신을 방음 필드로 뒤덮었다.

　"슈라나, 슈라나. 일어나세요……."

"……으음…… 뭐야……."

귓가에서 속삭이는 목소리에 졸음을 참으며 겨우 대답하는 소녀.

아직 잠자리에 들고 시간이 별로 지나지 않아 제일 졸린 시간대였다. 그래서 대답은 했지만, 아직 몽롱한지 눈만 살짝 떴을 뿐 금방이라도 다시 눈을 감아버릴 것 같았다.

그래서 마일은 바로 본론을 꺼냈다.

"……마을로 돌아가고 싶나요?"

그렇다, 본인의 의지를 확인하지 않으면 이야기가 되지 않는다.

만약 본인이 리리아(세리)처럼 『이곳에 남고 싶다』라고 생각한다면 아무것도 하지 않고 그냥 물러나 세 번째 아이가 있는 곳으로 갈 것이다. 그것이 『붉은 피가 좋아!』가 다 함께 정한 사항이었다.

마일에게서 그 말을 들은 소녀(슈라나)가 눈을 번쩍 떴다.

"구출부대 분이시군요! 기다리고 있었어요! 아……."

자기도 모르게 큰 소리를 내고 말아 당황하며 두 손으로 자신의 입을 막는 소녀 슈라나.

그렇다, 이 작은 방은 4인실이었다. 이런 소리를 내버리면 다른 세 명이…….

"아, 괜찮아요. 다른 사람에게는 수면 마법을 걸어뒀고, 우리 둘 주위에 방음 필드…… 소리가 밖으로 새지 않게 마법을 걸었거든요."

"오오오오, 마술사예요?! 고작 저를 구하려고 귀한 마술사에게 의뢰하다니! 오오! 오오오오오오!"

감격해서 전율하는 슈라나.

과장된 행동이라고 생각할지도 모르겠지만, 여기에는 이유가 있었다.

수인 중에도 물론 마술사는 있다. 하지만 다른 종족에 비하면 그 비율이 몹시 낮았고, 게다가 전투에 활용할 만한 자는 보기 드물었다.

……다시 말해 마술사의 몸으로 병사, 용병, 헌터 등의 전투직에 뛰어드는 수인은 몹시 적은 만큼, 그런 자에게 이런 지명 의뢰를 주려면 의뢰비가 얼마나 들지…….

그 돈을, 여자인 자신 따위를 위해 마을에서 내주었다. 그렇게 여기고 감격한 것이다.

슈라나가 그런 착각을 한 것은 물론 마일 탓이었다.

마일이 머리에 쓰고 있는 것.

……직접 만든 고양이 귀 카추샤.

이것 때문에 슈라나는 마일을 『마을 사람이 큰돈을 주고 고용한 수인 마술사』라고 여겼던 것이다.

구출 과정에서 따르는 위험 그리고 그 이후로도 이어질 위험을 고려하면 가난한 마을이 마련할 수 있는 값싼 의뢰비로 귀족 저택에서 수인을 구출해내는 의뢰 따위, 인간은 물론 다른 종족도 받아줄 리가 없다. 그런 의뢰를 받아들이는 건 여신과 여신의 사자를 제외하면 멍청한 수인뿐이다.

그리고 여신이나 그 사자라는 『말도 안 되는 선택지』를 빼면 남는 것은 동족인 수인 소녀를 구하기 위해 값싼 의뢰비를 받고 이 일을 받아들인, 몇 없는 수인 마술사라는 선택지뿐이었다.

애당초 소녀(슈라나)가 의심하는 기색도 없이 마일의 말을 믿는 것은 마일을 동족인 수인으로 여겼기 때문이다. 그렇지 않았다면 조금은 의심했을지도 모른다.

지금까지 한 언동을 봐도 슈라나가 여기에 머무를 생각이 없고 구출을 원한다는 것이 명백했다.

이번에는 헛수고로 끝나지 않아 일단 안심하는 마일.

아무리 모두의 뜻이라고는 해도 일단 의뢰인은 자신인 만큼 일이 그렇게 되었다가는 모두를 볼 낯이 없었다.

……참고로 모두에게 줄 의뢰비는 마법과 검술 지도(코치) 3일간이었다.

과연 레나 입장에서 이런 일로 동료에게 돈을 받기에는 자존심이 걸리는 듯했다.

그나저나 나이 차이가 별로 나지 않아 보이는데도 지난번 리리아와는 전혀 다른 반응에 마일은 조금 놀랐다.

'또래로 보이지만 실제로는 리리아보다 나이가 많나? 그래서 판단 기준이 다른 걸까? 아니면 『자식의 놀이 상대』와 『잡일을 하는 하급 하인』이라는 대우의 차이 때문일까? 아니면 앞으로 몇 년이 지나 성장하면 『다른 일』을 강요받게 된다는 걸 알아서?'

그렇다, 모처럼 큰돈을 내고 사들인 수인 소녀를 평범한 하인으로 쓸 사람은 없다.

그리고 어릴 때 폭력을 쓰면 살짝만 때렸는데도 죽어버리거나 크게 다치고 만다. 그랬다간 쓴 돈의 본전을 찾을 수가 없다.

그래서 다 클 때까지는 일반적인 노동력으로 쓸 작정이었으리라. 그리고 성장하면…….

게다가 『어제까지는 평범하게 모두와 같이 일했는데 어느 날 갑자기 자기만 노예로 대우』해서 절망하는 모습을 보고 즐기는 끔찍한 오락도 있다.

이제 더 물을 필요도 없지만, 마일은 일단 확인했다.

"여기 계속 있고 싶어요? 아니면 마을로 돌아가고 싶어요?"

"마을에 돌아갈래요!"

곧바로 대답이 돌아왔다.

영리해 보이는 아이였기에, 돌아가고 싶어도 수인이라 눈에 띄고 돈 한 푼 없는 자신은 걸어서 도망쳐도 바로 붙잡히리라는 걸 알고 순종하는 척하면서 참고 있었으리라.

'으음~, 어떻게 한담…….'

마일은 그 말을 듣고 고민에 빠졌다.

'내일 모두와 다시 와도 영주가 순순히 인정할 리 없고, 대놓고 노예 취급을 하는 것도 아니니까 『50년 치 임금을 선지급한 정상적인 고용살이』라고 주장하면 손쓸 방법이 없어. 아마 위조 서류도 갖춰져 있을 테고…….'

그렇다, 이 세계에서는 위조 서류를 작성하기가 식은 죽 먹기였다. 평민의 문맹률이 높아, 동그라미 또는 가위표로 서명하는 게 전부인 경우도 흔했다.

게다가 지금 당장 구해줄 거란 믿음이 담긴 눈동자를 반짝거리고 있는 이 아이를 이대로 두고 돌아가려니 너무나 괴로웠다.

'으~~~음…….'

잠시 고민한 끝에…….

"같이 갈까요?"

"네!"

＊　　＊

"무슨 생각으로!"

"마일짱, 일에는 순서랄까 절차라는 게……."

"마일, 아무리 그래도 이건 좀……."

여인숙으로 돌아와 불가시 필드를 친 채 방에 슬쩍 들어온 마일과 슈라나.

그리고 당연히 레나 일행에게 혼났다.

"내일 아침에 같은 방 사람들이 일어난 시점에서 이 아이가 없으면 큰 소란이 일어날 거 아냐! 그러니까 당당히 되찾아오거나 그게 안 되면 모두 잠들자마자 몰래 구출해내서 밤에 거리를 많이 벌리기로 했잖아! 그런데 왜 이렇게 어중간한 짓을 저지른 거야!"

레나가 화내는 것도 무리는 아니다.

몰래 구출하는 작전은 미리 이동 준비를 마치고, 모두 도시 출입구 부근에 대기한 다음 마일이 혼자 슈라나를 데리러 갈 계획이었던 것이다. 탈주가 들킬 때까지의 시간을 조금이라도 더 벌기 위하여…….

"뭐, 이미 엎질러진 물인데 어쩌겠어. 시간 없으니까 지금 바로

이 도시를 떠나자. 레나, 폴린, 당장 옷 갈아입어! 마일은 얼른 여인숙 사람에게 메모를 남기고. 대금은 선불로 냈으니까 문제없을 거야. 자, 서두르자!"

역시 파티 리더. 레나는 그냥 화만 내는 데 반해, 메비스는 신속하게 지시를 내리고 자신 역시 얼른 옷을 갈아입기 시작했다. 화난 레나를 보며 겁에 질려 있던 슈라나의 머리를 가볍게 쓰다듬은 후, 라는 마치 훈남 같은 행동이었다.

하지만……

"메비스, 아직 멀었어?"

"조, 조금만 더 기다려줘……."

그렇다, 레나와 폴린에 비해 방어구 장착에 시간이 걸리는 메비스는 옷 갈아입는 데 제일 시간이 많이 걸렸던 것이다…….

＊　　＊

"이제 어떡하냐고……."

"원래 계획은 영주를 응징하는 거였잖아?"

"허세를 부릴 좋은 기회라고 했었잖아?"

별이 빛나는 밤, 가도를 걸으면서 모두에게 비난받는 마일.

"아, 아니, 저한테도 여러 가지 사정이……."

마일이 필사적으로 변명했지만, 상황은 나아지지 않았다.

"뭐, 무사히 구출에 성공한 건 잘된 일이지만. 영주 응징은 어떻게 하지?"

마일이 너무 비난당하자 도움을 받은 슈라나가 가시방석에 앉은 듯한 표정을 지었고, 그것을 알아차린 메비스가 화제를 살짝 돌렸다.

과연 도시를 떠나고 있는 이때 그 부분을 빨리 결정해야 하는 만큼 자연스럽고도 타당한 화제였다.

"그래서 말인데요……."

신이 도왔다는 듯 마일이 그 이야기에 뛰어들었다.

"이대로 그냥 끝내도 되지 않을까 싶어요……."

"“뭐라고?!”"

레나와 폴린이 놀라서 소리쳤지만 메비스는 무덤덤했다. 마일이 그렇게 말할 거라고 예상해서일까, 아니면 자신도 같은 생각을 해서일까…….

"아뇨, 이번에 저희가 맡은 임무…… 제가 한 의뢰이긴 하지만, 『수인 소녀들 구출』이잖아요? 굳이 영주인 귀족과 직접적으로 문제를 일으켜서 영민에게 큰 피해를 줄 필요는 없지 않나 싶어서……. 유괴 실행범은 잡았고, 중개를 맡았던 상인은 뭐, 그렇게 응징했고……. 혹시 몰라 돌아가는 길에 그 도시에 들러서 확인하고 만에 하나 잘 둘러대는 바람에 그냥 넘어갔을 경우에는 또 한 번 밟아 마무리 지으면 되고요……. 이렇게 하면 적어도 이 범죄 루트는 완전히 끊기잖아요? 최종 『구매자』 이외에는 전부 괴멸되었으니까요. 구매자는 뭐, 사정을 다 알고 샀겠지만 아직은 『임금을 선불로 내고 고용한 하인』으로만 대했지, 딱히 학대하거나 노예로 취급하지 않고 다른 일반 하인과 같이 대우해줬으니까……."

"선의의 제삼자라는 말이야?"

"뭐, 그렇게 주장하면 딱히 부정할 수도 없으니까요……."

선의의 제삼자란『선의를 가진 사람』이라는 의미가 아니다.『특정한 사정을 몰랐던 사람』이라는 의미로, 훔친 물건인 줄 모르고 산 것과 같이 그 사람 자체는 범죄 행위와 무관하고 그런 사정을 몰랐다는 의미다.

그래서 본인이 악당이라거나 악질 귀족인지와는 상관없이, 그 사건에 관해 범죄 행위가 있었다는 사실을 모르고 악의 없는 일반 고객으로 얽혔을 뿐이라면『선의의』라고 말하지 않을 수도 없는 것이다. 앞서 리리아를 받아들인 백작 등이 그에 해당한다.

그래서 메비스와 폴린이 말한 대로『돈을 내고 아이를 고용한 것』자체에는 아무런 위법성도 없었다.

"하지만 어쩌나 중개인한테서 산 게 아니라 자기가 중개업자한테 수인 아이를 구해오라고 주문한 거면 어떻게 되는 거야?"

"『유괴해 오라』고 지시했으면 공범이 되겠지만, 증명하기가 어렵지 않을까 싶은…….『젊은 수인 여자 중에 고용살이를 희망하는 자가 있다면 소개해달라』라고 했을 뿐이지, 납치는 금시초문이라고 하면 그걸로 끝이죠. 실제로 대가를 지불하지 않고 무료로 손에 넣은 건 실행범뿐, 중개업자도 귀족도 분명히 돈을 냈으니까요. 액수라든지 그게 분명히 시세와는 동떨어진 비정상적인 금액이라 하더라도…….『사정을 모르고 고용살이를 알선한 상인』,『수십 년분의 임금을 지불하고 산 귀족』, 둘 다 엄연한『선의의 제삼자』라고 주장할 수 있어요. 뭐, 현행범으로 잡힌 유괴 실행범이야 변명의 여지가 없고, 우리나라에서 잡혔으니 문제도 없지만. 중개업자가 구린 건 실행범이 실토한 만큼 명백한 사실이니 우리나라에 왔을 경우에는 붙잡을 수 있지만, 이 나라에서는 방법이 없으니까요. 이 나라의 사법 기관과는 관계없고, 범죄자 인도 협정도 되어 있지 않고……. 뭐, 우리는 중개업자가 구리다는 사실을 『알고 있으니까』, 들키지 않게 제재하는 데에는 문제없지만요…….”

마일이 레나에게 그렇게 대답했는데, 그건 『사적인 제재』였다.

법적 근거가 없는, 개인이나 사적인 그룹이 자기 마음대로 보복하는 행위. 이른바 사형(私刑)이었다.

그것은 민중이 원하는 일이라 할지라도 명백한 위법이자 범죄 행위다.

“문제가 아주 커질 것 같은 느낌이 드는데…….”

“들키면 말이지.”

정의를 굽히고 싶지 않은 메비스가 마일의 주장에 의문을 드러냈지만, 레나는 개의치 않는 듯했다.

……뭐, 마일이니까 『제재』라고 말은 했어도 아마 악행을 만천하에 공개한다거나 자업자득으로 몰고 가지, 부당한 행동은 하지 않을 거라고 생각했겠지.

“됐~다고요, 세세한 건!”

“하나도 세세하지 않다고! 아주 중요한 거라고!”

메비스가 그렇게 지적했지만, 마일은 귓등으로도 듣지 않았다.

마일은 평소에는 그 나라, 그 장소의 규칙을 지키려고 노력하는 편이다.

그리고 레나가 폭주하려고 할 때나 폴린이 도가 지나친 계략을 꾸몄을 때는 그러한 행동을 막는 쪽이었다.

또 이 세계에서는 그럴 필요가 없는데도『정당방위의 요건을 충족』하고『교전 수칙(ＲＯＥ)을 지키는』, 그러니까 레나 일행은 의미를 알 수 없는 쓸데없는 절차를 밟으려고 했다.

……그리고 레나 일행은 뭐가 뭔지 몰라도 그게 큰 문제가 아닌 이상에는 마일의 희망에 최대한 따라주려고 했다.

그런 마일이 사적 제재가 옳다고 나오다니, 평소 같으면 있을 수 없는 일이었다.

그렇다, 평소 같으면…….

"어린 소녀니까 말이지…….”

"네, 그것도 짐승 귀니까 말이죠…….”

"아~, 어쩔 수 없나…….”

그것도 무리는 아니다.

싫어도 그 이유를 잘 알고 있는 레나, 폴린 그리고 메비스였다…….

"그래도 마일이 그 영주는 내버려 두자고 하니까 뭐, 난 딱히 상관없어.”

"응, 나도 이의는 없어.”

"이하동문이오, 이사카 쥬조.”*

---

*일본 시대극『오오에도 수사망』의 등장인물 이사카 쥬조의 입버릇.

동료들이 다들 자신의 무리한 주장을 받아주고, 그것도 모자라 폴린은 세심하게도 『허풍동화』의 단골 대사까지 써가며 자신이 너무 걱정하지 않도록 농담조로 말해주었다. 그런 생각이 들자 동료들의 마음 씀씀이에 감사하는 마일이었다.

　"그럼 이번엔 이대로 애매하게 끝내는 걸로……."

　반짝~!

　메비스가 그렇게 정리하자 마일의 눈이 빛났다.

　……『소재 발견!』의 신호였다.

　그 사실을 알아차리고 아차 하는 표정을 짓는 메비스.

　그리고…….

　"아이! 마이! 마일! 혼자서도 죽일 수 있는걸!"*

　""""아, 네네…….""""

　이게 다 무슨 일인지 모르는 소녀는 혼자 입을 쩍 벌리고 있었다…….

　"그럼 이대로 다음 세 번째 아이인 살리샤를 산 상인이 있는 도시로 출발할까요!"

　""""하앗!""""

　헌터의 격식에 따라, 오른팔을 높이 들고 승낙의 구호를 외치는 세 사람이었다.

　　　　　　　　*　　　*

---

*일본 어린이 방송 『혼자서도 할 수 있는걸』의 등장인물이 외는 주문을 패러디. 아이마이는 '애매하다'의 일본 발음이다.

"⋯⋯그리하여 이 도시에서 여인숙을 잡고 문제의 상가를 조사했는데요. 결과는⋯⋯."

"""『숯 검댕이야!』"""

⋯⋯그렇다, 도시에서의 평판도 일반 손님인 척하면서 가게를 정찰한 결과도 몹시 전형적인 『악덕 상인』 이외에 그 무엇도 아니었다.

마일 일행은 지금까지 수많은 정직한 상인 그리고 수많은 악덕 상인을 만나왔다.

헌터 양성 학교를 졸업하고 얼마 지나지 않아 만났던, 바위 도마뱀 납입을 의뢰했던 상인.

바위 도마뱀 사냥을 하러 가던 도중 『붉은 맹세』에 기생하려고 했던 상인.

영세 상점 『아리토스』를 망하게 하려고 했던 상인.

⋯⋯그리고 레나의 동료 『붉은 번개』를 배신한 상인에, 폴린의 아버지를 죽게 하고 가게를 빼앗은 상인까지.

그들처럼 『나쁜 놈의 기운』을 마구 풍기는 상인이었다.

"⋯⋯그런데 걸리는 점은⋯⋯."

"응⋯⋯."

"탐문 수사 결과, 수인 소녀의 목격 정보가 전혀 없었다는 거죠⋯⋯."

그렇다, 어린 수인을 사는 이유는 『반항하지 않도록, 어릴 때부터 길러서 순종하게 만들기 위함』이지, 어릴 때 혹사해서 바로 죽게 만들기 위함이 아니었다.

그래서 어릴 때는『고용살이』로 둘러대고 일반 잡일을 시킬 거라고 생각했다. 두 번째 아이 슈라나처럼…….

그런데 수인 소녀 목격 정보가 하나도 없었다.

어린 소녀에게 힘이 많이 드는 창고 짐 옮기기라든지 전쟁터를 방불케 하는 안쪽 일을 맡겼다고 생각하기란 어렵다.

빨래도 힘이 약하고 손이 작은 데다가 빨랫줄까지 손이 닿지 않는 아이가 가능할 리 없다.

기껏해야 청소나 요리 사전 준비…… 감자 껍질 깎기라든지 양파 썰기 정도가 최선이겠지.

그리고 그런 잡일은 보통 다른 하인과 함께하기 마련이니, 하인들 그리고 일부 손님들 사이에 그 존재가 인식될 터였다.

……그런데 목격 증언을 손님으로부터도, 메비스가 꾀어낸 (말을 걸어서 들은) 젊은 여성 종업원들로부터도 일절 얻을 수 없던 것이다.

"서, 설마 이미 실컷 갖고 놀다가 결국 어디 땅속에…….〞

메비스가 그렇게 말하며 얼굴이 새파랗게 질리자, 폴린이 고개를 가로저었다.

"마일짱이 차분한 걸로 봐서 그렇지는 않을 거예요. 마일짱은 늘『여유를 부리다가 간발의 차로 늦는 건 멍청이나 하는 짓이라고요!』하고 말하잖아요. 아마 탐색 마법 등으로 생체 반응이 분명히 있는 걸 확인해서, 다쳤거나 병에 걸려 죽기 직전 같은 상태가 아님을 알지 않았을까요? 그러니 지금 당장 어떻게 되진 않을 것 같은데 ……리리아와 슈라나 때와는 상황이 완전히 다를 확률이 무척 높지 않을까 싶은. ……내 말이 맞지, 마일짱?"

"…………."

마일은 폴린의 말에 진지한 표정으로 고개를 끄덕였다.

그 모습을 보고 걱정스러운 표정을 짓는 슈라나의 머리를 통통 부드럽게 쓰다듬어주는 레나.

그리고 촉촉해진 눈빛으로 레나를 올려다보는 슈라나.

"아앗, 레나 씨. 뭐야, 혼자 재미 보는 건가요!"

"마일, 모처럼 진지한 장면이 될 뻔했는데 너 때문에 망했잖아……."

근사한 장면이라든지 명장면을 굉장히 좋아하는 메비스가 실망해서 어깨를 떨구었다.

"어쨌든 밤에 확인하자. 마일, 이번에는 네 멋대로 행동하면 안 돼! 상황을 확인한 다음에 다 함께 상의해서 방침을 세우는 거야! ……아, 다른 사람한테 들키지 않게 살리샤에게 접촉해서 의사를 확인하는 것까지는 괜찮아. 아니, 그걸 확인하지 않으면 그 이후의 방침을 세울 수가 없겠지."

끄덕끄덕.

＊　　＊

그리하여 저녁이 될 때까지 기다렸다가 출격에 나선 마일.

나머지 세 사람과 슈라나는 여인숙에서 대기하기로 했다.

마일이 살리샤를 찾아내 단둘이 대화할 기회는 모두가 잠든 이

후가 될지 아니면 그보다 일찍 찾아오게 될지에 따라 마일의 귀환 시각이 크게 달라질 터였는데, 어떻게 대응할지 논의는 오늘 밤 안에 끝내야만 한다. 결과가 어떻든 실제로 움직이는 것은 내일 아침 이후, 경우에 따라서는 밤이 된 후가 될 것이기에 시간은 충분히 있었다.

만약 오늘 밤 논의가 길어져 내일 아침 일찍 움직인다고 해도 문제 될 것은 없다.

헌터에게 하루 이틀 밤샘 따위는 대수롭지 않은 문제였다. 어차피 잘 수도 쉴 수도 없는 위험한 숲이나 적진 속을 돌파하거나, 습격자와 마물 무리로부터 상단을 지키며 밤낮 가리지 않고 계속 달아나는 일은 그리 드물지도 않았으니까.

마일 일행은 그런 면에서 비교적『무던한 의뢰』만 받아서 실제로 그런 일을 겪은 적은 별로 없지만, 물론 그에 대비한 훈련과 마음가짐은 되어 있었다.

……그리고 단지『마일 일행에게는 무던한 의뢰』라도 다른 파티에게는 충분히 힘든 것도 있었기 때문에, 딱히『붉은 맹세』가 힘든 의뢰를 피했던 것은 아니다.

다른 파티에는 아이템 박스도 휴대식 요새 화장실도 휴대식 요새 욕실도 경보 기능이 달린 야영용 방벽 마법(배리어)도 없었고, 무엇보다『마일』이 없었다. 단지 그것뿐인 이야기였다.

'불가시 필드를 전개해서…….'

문제의 상점에 접근한 마일은 침입하기 위한 준비에 들어갔다.

이번에는 방음 필드는 쓰지 않았다. 그걸 쓰면 마일도 외부 소리와 목소리가 들리지 않게 되어 불편했기 때문이다.

뱀 마물이나 뱀 수인(뱀은 짐승이 아니므로 그런 건 존재하지 않지만)과 싸우는 것이 아니기에 온도 차폐는 필요 없다고 판단해서 그에 대처하기 위한 마법은 쓰지 않았다.

냄새 대책도 필요 없겠지.

그렇다, 인간은 생물 중에서는 상당히 『미온적』이었던 것이다……

옷은 지난번과 같은 이유(만에 하나 들킨다면 다른 가게에서 온 심부름꾼 등으로 여기고 갑자기 소리 지를 확률을 낮추기 위해)로, 이 가게 것과는 조금 다르지만 흔한, 상점 직원이나 심부름꾼이 입을 법한 옷을 착용했다.

이런 부분은 세세하게 신경 쓰는 사람이 바로 마일이었다.

……그리고 그런 데까지 신경 쓸 줄 안다면 좀 더 기본적인 것에도 신경 쓰는 게 좋지 않을까, 하는 메비스 일행의 생각이 마일에게 전해지는 일은 없었다.

'좋았어, 잠입(스네이크) 개시! ……종이 박스는 없지만…….'

지난번 자작가 침입 때와 동일한 패턴으로 상가에 침입한 마일이었는데…….

'없네…….'

처음 가게 상태를 정찰하러 왔을 때 탐색 마법으로 부지 내에 수인으로 짐작되는 반응을 감지했고 그것이 약하지 않아 안심한 마일은 정확한 위치를 확인하지 않고 돌아왔던 것이다. 바로 침

입할 것도 아닌데 그 시점에서의 위치를 확인해봐야 의미가 없다
는 생각으로.

그리고 지금, 탐색 마법을 쓰면 수인으로 보이는 반응의 위치
를 국한할 수 있지만, 마일은 처음부터 그걸 쓰는 것은『좀 아니
다』라고 생각했다.

물론 짐승 귀 소녀에게 위기가 닥친 상황이라면 주저 없이 쓰
겠지만, 지금은 그 정도로 긴박하지 않다.

그런데 무슨 일이든 바로 치트 마법에 의지해서야『지극히 일
반적이고 평범한, 어디에나 있는 여자아이』라는 틀에서 다소 벗
어날지도 모른다고 생각했던 것이다.

그렇다, 벗어날지도 모른다고…….

그래도 차분하게 찾아본다거나 저녁 식사 시간 때 하인들의 식
사 장소, 또는 하인용 식사보다 더 부실하고 잔반이나 다름없는
식사가 1인분만 어딘가로 옮겨지기를 기다렸다가 뒤를 밟아 찾아
낼 수 있을지도 모른다.

그렇게 생각한 마일은 집안을 어슬렁어슬렁 돌아다녔다.

물론 매장뿐 아니라 그 안쪽에 있는 사무실이며 창고, 종업원
들의 거주 구역과 상회 주인 일가의 거주 구역까지 구석구석. 그
리고…….

'숯, 검댕이…….'

지배인과 총지배인 그리고 상회주의 대화를 통해 그들이 상당
히 악랄, 아니 명백한 범죄 행위와 사기 행위의 상습범이라는 사
실을 분명히 알 수 있었다.

163

또 상거래 시의 악행뿐만 아니라 건달, 길드에서 제명처리 된 전 헌터 등을 이용해 폭력을 쓴 범죄 행위까지…….

거래처에 협박 및 강요. 라이벌 상회에 공작과 방화, 강도.

물론 그것들은『자신들과 무관한, 모르는 범죄자가 저지른 범행』이었고, 그 흑막인 이 상회가 드러나는 일은 없었다.

시간이 남기도 했고 이 가게의 수법이 너무나 지독했기 때문에 마일은 몰래 서류를 뒤졌다.

그림 뒤의 비밀 금고라니, 너무나 안이했다.

하긴, 현대 일본에서야 그림이나 족자 뒤는 너무 뻔한 은닉 장소지만 TV도 만화도 없는 이 세계에서는『푸하하, 이런 데 숨기면 아무도 모르겠지!』하고 생각할 수밖에…….

한편 이 정도 문화 수준인 세계의 금고를 따는 것 따위 ……아니, 설령 현대 지구의 금고라 할지라도 마일과 나노머신에게는 식은 죽 먹기나 다름없었다.

마일 : "시작햇!"

나노머신 : 【하잇!】

……같은 느낌으로…….

'흐음,『악덕 상인 범죄 세트』, 컴플리트인가……. 스페셜도 소화했으니까 노멀 콤보가 아니라 풀 콤보네…….'

누가 접근하면 알 수 있게 탐색 마법을 상시 전개하고 있지만, 위험을 줄이기 위해 금고에서 재빨리 서류를 꺼내고 문을 다시 닫은 다음 방구석에서 불가시 필드를 친 채 서류를 꼼꼼히 살피는 마일.

'……앗? 이게 뭐야? 노예 수가 너무 많잖아! 수인뿐만이 아니라 인간 위법 노예까지 데리고 있네, 여기! 단순 고객이 아니라 유통 센터였구나! 아, 그래서 노예는 남들 눈에 띄지 않는 곳에 숨겨둔 건가! 바로 딴 데 팔려고…….'

아무래도 살리샤가 다른 곳에 팔리기 전에 온 듯했다.

아니, 만약 늦었더라도 마일 일행은 이 가게를 추궁해서 판 곳을 토해내게 할 테니, 그건 그냥 망할 상회 또는 귀족 가문이 하나 더 늘어나는 것뿐이었지만…….

'자, 이제 서류는 다시 금고에 돌려놓고…….'

숨겨둔 서류가 사라진다면 소란이 빚어지겠지. 게다가 마일 일행이 이 서류를 경비대에 넘겨도 왜 마일 일행이 그런 것을 가지고 있는지 문제가 되고, 매수된 윗선에 위조 서류라며 몰수당하고 마일 일행이 체포될 수도 있었다.

그래서 지금은 잡혀 있는 살리샤를 확실하게 구해내고, 이 서류는 이 금고에 들어 있는 상태로 발견되는 것이 바람직했다.

'아! 종업원들 저녁 식사가 벌써 시작되어 버렸잖아…….'

서류 확인에 생각보다 시간이 오래 걸려서, 마일이 알았을 때는 이미 그런 시간이 되어 있었다.

'망했네……. 살리샤가 있는 곳으로 식사가 가면 뒤를 밟으려고 했는데. 이렇다면 살리샤가 다른 종업원들이랑 같이 밥 먹을 가능성은 거의 없다고 봐야 해…….'

이렇게 된 이상 또 저택 안을 돌아다니며 찾아야만 한다.

'……아, 됐어. 귀찮으니까 탐색 마법을 쓰자…….'

하나부터 열까지 마법에 의존하는 건 좋지 않다는 생각에 탐색 마법 없이 찾아보려고 했던 결심은 다 뭐였단 말인가.

만약 여기에 레나 일행이 있었다면 이렇게 중얼거렸으리라.

⟪마일……. 의지가 너무 약해!⟫

그렇다, 마일은 고집부릴 때는 지나치게 부리면서, 그렇지 않을 때는 태만하고 주먹구구식이었던 것이다…….

'어라? 거리가 가까운데. ……엄청 가까운데 어딘지 안 보이네…… 아, 그런가, 지하인가!'

마일이 인상을 찡그렸다.

'부자랑 권력자 집에, 다른 사람의 눈에 띄지 않게 하고 싶을 수 인 소녀를 지하에 둔다는 건 보통 상식적으로 생각했을 때…… 소녀를 희롱하기 위한 호화로운 방을 꾸며서 복슬복슬 천국을 실현한 게 틀림없어! 젠장, 내 인생 최대의 꿈이…… 아니 그럴 리가 있냐고오오오오!'

마일, 격노했다.

천하의 마일도 그 정도까지 상식이 없는 건 아니었던 모양이다.

'바닥에 비밀 문이…… 어디 보자, 앗, 있다, 이거네…….'

탐색 마법을 쓰면 바닥 밑에 텅 빈 부분을 쉽게 찾아낼 수 있다. 그 빈 부분과 바닥면이 제일 가까운 부분이 바로 입구다.

그리고 장소만 알면 복잡한 기계적 구조나 전자 잠금장치가 있을 리도 없으니, 마법을 쓸 것도 없이 마일의 자물쇠 따기 능력 (엄청난 괴력) 앞에서는 원시적인 자물쇠 따위야 아무런 의미도 없었다.

비밀 금고 때처럼 나노머신에게 부탁하는 편이 더 쉽지만…….

인기척이 없는 것을 확인한 마일은 재빨리 비밀 문 아래로 미끄러져 들어갔다.

……아무리 마일의 모습이 보이지 않는다고 하여도 비밀 문이 저절로 열고 닫히는 모습을 누가 보기라도 하면 곤란하기 때문에…….

'계단 아래에는 아무것도 없는 좁은 방인가……. 그리고 더 안쪽으로 이어진 문이 하나뿐. 뭐, 지하 던전 같은 건 아닐 테니까 그렇게 넓을 필요야 없겠지. 강도 계산도 제대로 하지 않고 너무 넓게 팠다간 지상 구조물의 무게를 이기지 못하고 무너질 테니…….'

마일이라면 벽면과 천장부에 고정화 마법 또는 강화 마법을 걸거나 기둥을 세우거나 해서 제대로 대책을 세우리라. 물론 이 세계 사람이라도 프로 설계자나 건축가라면 설계 단계에서 구조 강도 계산을 할 것이니 문제없다.

……하지만 이곳은 영 그런 분위기가 아니었다.

울퉁불퉁한 벽과 천장, 비스듬한 모퉁이 부분, 불균등하고 일그러진 방의 형태…….

그렇다, 아무리 봐도 『대충 팠을 뿐』인 지하실이었다. 아마도 아마추어가 인해전술로 팠겠지.

그래서 처음에 지하부터 파서 지하실이 있는 건물을 지은 게 아니라 완전히 나중에 판『건물 지하에 구멍을 파서 방을 만들었을 뿐』인 날림 공사 같았다.

그런 생각을 하면서 계단 아래 작은 방에 유일하게 있는 문으로 향하는 마일.

방 너머에 벌레, 쥐 이외의 생체 반응은 딱 하나뿐. 여기 주인은 가둔 소녀에게 감시를 붙일 필요를 느끼지 않은 듯했다.

마일은 상대를 놀라게 만들지 않도록 불가시 필드를 해제하고 조심조심 문을 열었는데…….

그곳에 있던 것은 지난번 구출한 슈라나와 비슷한 네다섯 살 정도에, 커다란 토끼 귀를 가진 어린 소녀였다.

어린 소녀라도 수인인 만큼 문이 열리는 소리와 마일의 기색을 탐지했는지 문 쪽을 보고 있지도 않았을 텐데 마일 쪽으로 몸을 돌렸다.

하지만 반사적인 행동일 뿐 아무 의미가 없었는지, 소녀는 다시 마일에게서 시선을 떼고 입을 꾹 다문 채 몸을 웅크렸다.

『누구?』하고 나와야지! 그렇게 해주지 않으면『도둑입니다……』하고 말할 수가 없잖아아아앗!'

마일의 마음속 피의 절규를 알아차리지도 못하고…….

'아니, 그건 그렇다고 치고! 토끼 귀야, 토끼 귀! 아니아니, 그것도 일단 그렇다고 치고! 뭐지, 이건!'

마일은 자신의 번뇌를 일단 보류하고 (보류만 했을 뿐 결코 떨쳐낸 것이 아니며 애당초 떨쳐낼 생각도 없었지만) 두 눈을 커다랗게 뜨고는 화가 나서 몸을 부들부들 떨었다.

자신과 토끼 귀 소녀 사이를 가로막고 있는 목제 창살.

그 너머에는 어린 소녀와 낡은 침대, 식사용으로 보이는 작은 테이블과 의자.

……그렇다, 그건 흔히 말하는『감금방』이었다.

몇 명용으로 보이는 그 감금방에는 토끼 귀 소녀 혼자 있었다.

아마도 지금은 어쩌다 혼자일 뿐이고, 여러 노예가 들어갈 때도 있으리라.

게다가 감금방은 이것 하나가 아니었다. 아무도 없는 빈 감금방이 몇 개 정도 더 늘어서 있었다.

역시 이곳은 위법 노예 중개 장소인 듯하다.

마일 일행이 제일 처음에 갔었던『수령한 측』상회. 실행범을 고용한 그런 곳이 여럿 있고, 그곳에서 보낸 위법 노예가 이곳을 거쳐 각지로 간다.

그런 구조겠지.

그리고 마일은 조용히 중얼거렸다.

"…………용서 못 해……."

제110장 처부수다

"……부숴버리겠어."

분노의 중얼거림에 이어 그렇게 불쑥 말한 마일은 곧 당황하며 고개를 마구 가로저었다.

"아니아니, 그건 나중에! 레나 씨와 다 함께 만끽해야죠! 지금은 이 아이를 안심시키는 게 먼저예요!"

그렇다, 마일은 자신의 바람보다 어린 소녀의 보호를 우선하는 신사적인 사람이었다.

……마일은 여자아이지만, 신사다. 하나도 이상하지 않다.

"살리샤지? 수인 마을의. 지금부터 아주 중요한 질문을 할 거니까 『네』 또는 『아니오』로 대답해야 해?"

"…………."

늘 괴롭히러 오는 인간도, 물이나 밥을 가져다주는 인간도, 상인(그 녀석)을 따라온 구경꾼도 아니다. 그 사실을 깨닫자 처음에는 무관심하던 소녀가 다시 마일을 쳐다보았다.

그리고 마일의 모습을 가만히 응시하던 살리샤가 곧 두 눈을 동그랗게 떴다.

"응? 질문한다? 너는 이곳에서 도망쳐, 마을로 돌아가고 싶어? 너는 이곳에서 도망쳐, 마을이 아니라 다른 데로 가고 싶어? 너는

이곳에서 도망치지 않고, 이대로 있고 싶어?"

"⋯⋯."

"⋯⋯⋯⋯."

"⋯⋯⋯⋯⋯⋯."

잠시 침묵이 흐른 후, 소녀가 또박또박 대답했다.

"네! 아니요! 아니요!"

'응, 좋은 대답이야!'

살리샤의 씩씩한 대답에 만족해서 팔짱을 낀 채 고개를 끄덕이는 마일.

조금 전까지 무기력해 보였던 살리샤가 갑자기 씩씩해진 것. 그리고 무슨 영문인지 처음 보는 마일을 아무 조건도 없이 믿는 다는 것.

일반적으로 생각하면 조금 이상한 일이지만, 마일은 전혀 개의 치 않았다. 아무래도 자신은 어린 소녀의 호감을 사는 게 당연하 다는 근거 없는 자신감이 있는 듯했다.

⋯⋯그리고 마일이 개인적 성향(이상한 취미)으로 머리에 쓴 고양 이 귀 카추샤가 지나치게 도움이 되었던 것이다⋯⋯.

"난 의뢰를 받고 널 구하러 온 헌터야. 내일 동료들이랑 다시 구 하러 올 테니까 딱 하루만 참고 있어. 그리고 구출 작업에 도움이 될 것 같은 정보, 그러니까 살리샤의 대우라든지 여기 온 사람의 숫자와 그 용건, 식사 시간, 그밖에 뭐든 아는 게 있으면 다 알려 줘. 내일 구체적인 작전과 실시 시간 등을 정하려고 하니까⋯⋯."

마일의 부탁에 살리샤가 고개를 마구 끄덕이더니 자기가 아는 것을 전부 말하기 시작했다.

이제 막 밤이 되었기 때문에 시간은 충분히 있었다. 그리고 이 곳은 격리된 장소여서, 누가 갑자기 방이 들어올 걱정도 없었다. 마일이 탐색 마법을 써서 짧은 간격으로 지하로 통하는 입구가 있는 방과 지하 부분을 탐색하면 그만이었다. 게다가 고성능을 자랑하는『마일 이어』가 있기에 입구 문을 여닫는 소리를 놓칠 리 도 없었다.

출입구는 한 군데이므로 반응을 탐지한 후에는 달아날 길이 없 지만 불가시 필드로 모습을 감추고 몰래 스쳐 지나 달아난다거나 모습을 감추고 방구석에 웅크리고 있거나, 들키지 않는 방법이야 얼마든지 있었다.

그래서 마일은 살리샤로부터 이야기를 듣기 전에 만약 누가 오 면 투명 마법으로 모습을 가릴 건데 놀라지 말라고 미리 설명해 두었다.

마일은 자세한 정보를 입수해 동료들이 기다리고 있는 숙소로 돌아왔다.

물론 돌아오는 도중에, 가게의 야간 경비 상황과 기타 등등을 확인하는 것도 잊지 않았다.

＊　　＊

"……그러면 폴린은 강경책이 좋다고?"

"네. 이번에 살리샤를 산 상인은 절대 변명의 여지가 없는 범죄 행위를 저질렀어요. 그것도 중죄에 해당하는 잘못을 상습적으로……. 그러니 살리샤를 몰래 구출한다 해도 또 다른 여자아이(수인일지 아닐지는 모르겠지만)를 사려고 하겠죠. 그 정도 규모의 상가라면 여러 가지 연줄, 관계, 인맥 같은 게 있을 테니 새로운 중개업자, 흔히 말하는 『위법 노예 업자』라든지 실행범인 범죄자와의 연결도 쉬울 테니까요. 분명 우리가 손봐준 그 고객 상회를 잃더라도 금방 그곳을 대체할 상회를 구할 거예요."

"으~음, 하긴 그 정도 상인이면 그쪽으로 연결고리가 있을 것 같고……. 그리고 이번에 인간이 아니라 수인 여자아이를 손에 넣었다는 건 다음에는 또 다른 수인 마을을 노린다거나 만약 수인을 입수 못 할 경우에는 엘프나 드워프나 마족 같은, 인간 이외의 다른 종족 여자아이를 노릴지도 모르지. 그거, 만약 들켰다간 일이 아주 커질 수 있는 중차대한 문제야……."

옛 조약은 워낙 오래된 이야기여서 왕족, 대대로 자손에게 정보를 잘 전달한 귀족이 아니고서야 그다지 심각하게 받아들이지 않는다.

물론 오스틴가는 잘 전해지고 있어서, 메비스도 그 부분은 잘 알고 있었다.

또 지난 사건도 있고 해서, 『붉은 맹세』는 『옛 조약』을 이미 알고 있었다.

그래서 폴린이 제안한 『강경책』에 레나와 메비스가 반대할 기색은 보이지 않았다.

그리고 마일로 말할 것 같으면…….

"용서 못 해……."

그리하여 방침은 정해졌다.

＊　　＊

"살리샤, 미리 준비하러 왔어!"

아침 2의 종(오전 9시)보다 훨씬 전에, 살리샤가 붙잡혀 있는 감금방 같은 지하실에 다시 나타난 마일.

"잠깐 화장 좀 할게. 그다음 일은 화장하면서 설명해줄게."

마일은 다른 사람이 들어오지 못하게 윗방에서 지하로 내려올 수 있는 출입구를 흙마법으로 봉쇄한 다음, 너무나 쉽게 감금방의 자물쇠를 따고 안으로 들어왔다.

하루가 시작되고 제일 처음 누가 이곳에 오는 것은 아침 2의 종이 울리고 잠시 뒤, 그러니까 허접한 아침 겸 점심(브런치)을 주러 오는 때여서 굳이 출입구를 봉쇄하지 않아도 작전에는 지장이 없을 터였다.

그래도 예상하지 못한 방문자에 대비해 경계를 게을리하지 않는 마일이었다.

그렇다, 그때까지는 화장한 살리샤의 모습을 아무에게도 보여줘서는 안 되니까…….

＊　　＊

"살리샤를 화장해주고 설명도 끝났어요. 준비 완료입니다!"

이미 숙소를 정리하고 근처 공터에서 대기 중이던 레나 일행에게 그렇게 전달하고, 드디어 작전 개시에 들어갔다.

"그럼 가볼까. 작전명, 『강습(强襲)』. 방침은 『힘껏 쳐들어가자』야!"

……그냥 그대로인 작전명이었다.

"붉은 맹……『붉은 피가 좋아!』, 출격!"

""""하앗!!""""

＊　　＊

아침 2의 종(오전 9시)이 울릴 때 즈음.

주된 상점이 문을 열고 ……그리고 경비대 초소도 야간 근무자와 주간 근무자의 교대 및 인수인계가 끝나서 사건이 생기면 언제든지 출동 가능한 시간이었다.

거리에는 별로 시간 구애를 받지 않는 사람들이 다니고 있었다.

그때, 모자를 쓴 네 명의 귀여운 소녀가 넓은 도로를 지나 어느 상점 앞에서 발걸음을 멈췄다.

"여기예요."

"……그럼 시작하자. 하나~둘!"

""""유괴당해 노예가 된 수인 아이를 돌려받으러 왔습니다~!""""

"""""유괴당해 노예가 된 수인 아이를 돌려받으러 왔습니다~!"""""

"""""유괴당해 노예가 된 수인 아이를 돌려받으러 왔습니다~!"""""

무슨 일인가 싶어서, 그리고 소녀들이 외친 대사가 너무나 위험해서 통행인들이 가던 길을 멈추고 눈을 커다랗게 뜬 채 소녀들을 응시했다.

그리고 점점 모여드는 군중들.

우당탕탕!

가게 안에서, 표정이 잔뜩 경직된 남자 열대엿 명이 뛰어나왔다.

그중 네다섯은 가게 직원 같았지만, 나머지 대여섯은 인상과 옷차림 그리고 허리에 찬 검으로 봤을 때 경비원……이라고 하기에는 좀 그렇고, 호위랄까 경호원이랄까, 여하튼 그쪽 사람들 같았다.

평범한, 정상적인 상점이라면 사기 공갈단이나 악질 진상 손님이나 양아치에 대비해 경비원을 두세 명 정도 고용하긴 한다. 하지만 이렇게 악당 같은 얼굴을 한 사람을 대여섯 명씩이나 고용하는 것은 꽤 문제 있는…… 그러니까 **정상적이지 않은 곳**뿐이었다.

"무슨 말도 안 되는 소리를 해대고 있어?!"

가게 직원으로 보이는 자들 중 하나가 네 소녀를 향해 화나서 소리쳤다.

"아니, 저희는 방금 부탁드렸듯이 유괴당해 노예가 된 수인 여자아이를 돌려달라고……."

"그게 뭐가 『부탁』이냐! 그리고 우리는 모르는 일이야! 아무 근거도 없는 엉터리를 지껄여대다니!"

가게 직원이 그렇게 반론하자, 폴린이 의미심장하게 웃었다.

그리고 쩌렁쩌렁한 목소리로…….

"아앗! 원만하게 대화로 풀어보려고 했더니 수인 소녀를 유괴해서 노예로 만든 자들이 교섭을 거부하네요! 이렇게 된 이상 소녀를 구하기 위해 흉악 범죄자와 싸우는 수밖에 없겠어요! 자, 여러분, 소녀를 구하기 위해 정의로운 싸움을 시작합시다!"

"""오~~!"""

일부러 몇 번이나 『수인 소녀』, 『유괴』, 『노예』라는 강력한 단어를 반복해서 소리치는 폴린.

그리고 네 사람은 쓰고 있던 모자를 일제히 벗었다.

그러자 나타난 고양이 귀(마일), 강아지 귀(메비스), 여우 귀(레나), ……그리고 너구리 귀(폴린).

"""""""수, 수인…….""""""""

가게 관계자 그리고 모여 있던 군중들 사이에서 탄성이 새어 나왔다.

……물론 그 정체는 마일 특제 동물 귀 카추샤 시리즈였다…….

"수, 수인이라니……."

"그, 그것도 넷이나……."

"예, 예삿일이 아니야……."

"그거야 처음에 소리를 들은 시점부터 알고 있던 거 아니냐……."

"누가 경비대 초소에 연락해라!"

군중들이 웅성거렸지만, 마일 일행은 신경 쓰지 않고 계획대로 계속 진행했다.

이미 선전포고, 즉 전투 개시 통보는 끝낸 것이다.

그리고 상대가 흉악 범죄자라는 것, 이는 잡혀 있는 소녀를 구출하기 위한 정의로운 싸움이라는 것, 대화로 풀어보려고 했음에도 불구하고 범죄자 쪽이 거부했으니 어쩔 수 없다는 것을 알린 후였다.

그래서…….

"윈드 커터!"

"윈드 엣지!"

"클레이 필러!"

"워터 랜스!"

슝슈웅퍼억쏴쏴쏴!

길거리라 불마법은 삼가고 바람마법, 기의 힘(사실은 바람마법), 흙마법, 그리고 물마법을 잇달아 쏘아대는『붉은 피가 좋아!』네 멤버.

그리고…….

"왜 우리한테가 아니라 가게에 대고 쏘는 거냐고오오오~~!"

가게 사람들이 비명을 내질렀다.

179

아니, 절대 자신들에게 마법을 쏴달라고 생각하는 게 아니다. 모두 그런 변태 같은 성향은 아니었다.

　……하지만 네 발의 공격마법에 출입구 그리고 고급 유리로 된 전면부가 날아가고, 매장 대부분이 엉망진창이 된 자신들의 가게를 보았으니 그렇게 외치는 것도 무리는 아니었다.

　그리고…….

　"윈드 엣지!"

　"클레이 필러!"

　"워터 랜스!"

　슝슈웅퍼억쏴쏴쏴!

　"하지 마! 하지 마! 하지 말라고오오~!"

　"윈드 엣지!"

　"클레이 필러!"

　"워터 랜스!"

　슝슈웅퍼억쏴쏴쏴!

　""""""그, 그마아아아아안~~!""""""

　"윈드 엣지!"

　"클레이 필러!"

　"워터 랜스!"

슝슈웅퍼억쏴쏴쏴!

"서, 선생님들, 부탁합니다!"

점원 중 제일 나이 많은 듯한 자가 결국 참지 못하고 경호원들에게 소리쳤다.

아마도 마일 일행의 입만 틀어막으면 나머지는 어떻게든 될 거라고 여겼겠지.

하긴 경비대 간부를 매수했거나 귀족과 친밀한 관계에 있을 경우 결정적 증거도 증인도 없으면 어떻게든…… 아니, 증거와 증인이 있어도 무슨 영문인지 어느 순간 사라져 버리면 아무 문제 없다. 지금까지도 몇 번인가 그런 적이 있었겠지.

그리고…….

"어쩔 수 없군……. 뭐, 아무리 어린 계집이라지만 마술사에 검사…… 상대가 넷이면 일반 점원에게는 너무 부담스러운가……."

검사 복장을 하고도 마법을 쏜 마일과 메비스에, 순간 말문이 막힌 경호원 리더였지만 일단은 검사에 넣기로 한 모양이었다.

"다들 시작해라!"

"네~에……."

어린 소녀들을 얕보는 태도이면서도, 보수를 받는 만큼 일하지 않으면 곤란하다고 생각했는지 느릿느릿 마일 일행에게 접근하는 경호원들.

……그리고 마일이 소리쳤다.

"아앗! 흉악 범죄자들이 공격하려고 해요! 몸을 지키기 위해 어쩔 수 없이 정당방위로 상대와 싸우자고요!"

누가 봐도 국어책 읽기. 심한 발연기였다.

"1번, 검사 메비스! 잘 부탁드립니다!"

""""""""앗?""""""""

내가 뭘 들었는지 모르겠다.

그런 표정으로 어리둥절하게 서 있는 경호원들.

"……아니, 제가 제일 먼저 하겠다는 뜻이에요……. 나중에는 나설 기회가 없을 위험이 커서……."

아주 진지한 얼굴로 그렇게 말한 후 씨익 미소 짓는 메비스.

인원도 개개인의 전투력도 아주 많이 뒤처진다.

그렇다면 마술사가 있다는 장점을 내세우고 전위와 후위로 포메이션을 짜서 『헌터다운 싸움 방식』을 취해야 할 터였다.

그런데 한 명씩 나와 싸우겠다니, 개별 격파의 봉이자 어리석음의 극치였다.

아무리 신인이라지만 정말 바보 같다. 『싸움』을 너무 안이하게 생각하고 있다.

"어쩔 수 없지……."

"그러고 보니 메비스, 최근 들어서 나설 기회가 별로 없었죠……."

"지금은 리더에게 영광을 돌려줘야 할 때네요……."

메비스를 배려해 뒤로 한 발짝 물러나는 레나 삼인방.

""""""""…………""""""""

나이가 어려도 마술사라면 베테랑 검사와 싸울 수 있다.

하지만 검사끼리 붙을 경우에는 신체 능력과 재능과 경험이 모든 것을 좌우했다.

그리고 경험이란 단련에 들인 세월, 수라장에서 살아남은 횟수가 전부.

따라서 숙련된 검사를 이기는 어린 마술사는 있을지언정, 숙련된 검사를 이기는 어린 검사는 없었다.

그런데 열일곱~열여덟 살에 심지어 여자.

"……내가 하지."

쓴웃음을 지으며 한 명이 검을 뽑아 한 걸음 앞으로 나왔다.

"온실 속 화초 같은 아가씨에게 이 몸이 현실이 무엇인지 가르쳐 주마. 그 김에『좋은 것』도 같이……."

그렇게 말한 후 검을 쥐었는데…….

"신속검!"

퍼억!

쿵.

""""""아앗?""""""

쓰러진 첫 번째 남자.

……한순간에 끝났다.

물론 검의 옆면으로 때려서 죽이지는 않았다.

이상할 것은 하나도 없었다.

병사도 헌터도 되지 못했고 일상 훈련 역시 게을리했던 남자에게 메비스가 밀릴 리 없다. 진 신속검을 쓸 필요조차 없었다.

그리고…….

"2번, 평범한 여자아이이자 마법 검사 마일. 잘 부탁드립니다!"

"마법 검사라는 시점에서 이미 평범한 여자아이가 아니라고!"

레나의 지적은 그대로 무시하고 앞으로 쑤욱 나온 마일.

"……웃기지 마라!"

경호원 중 또 한 사람이 앞으로 나왔다.

과연 나머지 다섯 명 전원이 동시에 덤비자니 자존심이 허락하지 않았을까, 아니면 메비스와 달리 누가 봐도 열다섯 살 미만인 미성년자에다가 마술사가 아니라 검사 복장에 왜소한 몸, 가늘고 반들반들한 손, 얼빠진 얼굴에 동작도 완전히 아마추어 같은 마일을 열외로 봤을까…….

주위에는 수많은 어중이떠중이…… 아니, 관중이 있다. 여기서 마일 한 명에게 전원이 달려든다면 체면을 완전히 구겨 앞으로 아무도 그들을 경호원으로 고용하지 않겠지. ……설령 이긴다고 하더라도.

미성년자에 이제 갓 헌터가 된 소녀에게 다섯이서 덤비지 않으면 싸울 수 없는 경호원이라니.

그딴 경호원을 누가 고용하려고 하겠는가.

"죽이진 않겠지만, 불장난친 것을 후회하게 해주마……."

그렇게 말하고 검을 뽑아 드는 남자.

그리고…….

"비기, 뇌광검!"

마일이 필살기를 썼다.

……그냥 단순 참격으로, 메비스의 신속검에 대항해 왠지 있어

보이는 이름을 대충 외쳤을 뿐이다.

채챙!

퍼억!

쿵.

마일의 검이 남자의 검을 반으로 뚝 자른 다음 각도를 90도 바꾸어 옆구리를 때렸다. 조금 전 메비스와 똑같이 상대를 죽이지 않기 위해 검의 옆면으로.

"""".............""""

눈을 커다랗게 뜨고, 믿을 수 없다는 표정을 짓는 네 남자.

그들의 심정을 모든 관중이 알아차렸다.

그리고 마일이 뒤로 물러나자 ……이제 남자들에게서 여유와 자만은 물론이고 자긍심까지 온데간데없이 사라졌다.

""""이야아아아아아압~~~!""""

일제 공격.

그것도 메비스와 마일이 물러난 지금, 앞에 나온 것이 누가 봐도 후위직인 마술사 두 소녀를 향해.

아직 영창도 시작하지 않은, 실전에 익숙하지 않은 신인 마술사는 이만큼 가까운 거리에서 전위직의 공격이 들어오면 눈 깜짝할 사이에 베이고 말 것이다.

경호원, 그것도 도시에서 호위 일을 하거나 상점 경비를 맡는 자는 대부분 검을 다룬다. 좁은 가게 안에서는 창과 화살을 쓰기 어렵고, 평소대로 있다가 갑자기 공격 또는 방어를 하려면 역시 검이 적합하기 때문이다.

그래서 타이밍을 맞춘 동시 참격이 가능했다.

이런 일을 해도 일단은 프로인 것이다. 동료와 연대 정도야 연습되어 있었다.

몹시 가까운 거리에서, 영창에 들어가지도 않은 신출내기 마술사에게 선제공격.

패배 요소는 없었다.

그렇다, 보통은 말이다…….

"소일 필러!"

쿵!

"""""크헉!"""""

남자들의 발 앞에 지름 2~3cm 정도 되는 흙기둥이 무시무시한 기세로 솟아올랐다. ……좁은 간격으로, 수십 개나.

남자들은 그것들이 방해되어 움직일 수 없었다.

그리고 당연히 그중 몇 개는 남자들에게 명중했다. ……밑에서 다리 사이로.

소리도 내지 못하고 괴로워하는 사람.

눈알이 돌아가 흰자만 보이며 기절한 사람.

옆으로 쓰러지면서, 이번에는 스스로 흙기둥 돌출부에 몸을 부딪친 사람.

"아이스 스피어!"

이번에는 몇 개나 되는 얼음 창이 앞에서 날아들었다.

끝을 뭉툭하게 만들었기 때문에 관통당하지는 않았지만, 얼음 몽둥이를 마구 얻어맞고도 멀쩡할 리는 없었다. 이미 전투 능력을 완전히 잃은 사람에게 그것은 명백한 오버 킬이었다.

……죽지야 않았지만.

그리고 관중들은 남녀 할 것 없이 모두 다리를 오므리고 있었다. 아플 것 같다는 표정으로…….

영창 생략 마법.

마일 그리고 마일에게 배운『원더 쓰리』만 구사할 수 있는 진짜 무영창과 영창 생략 마법과는 달리, 레나와 폴린이 구사하는 것은『머릿속으로 영창하는 유사 무영창 마법 그리고 유사 영창 생략 마법』이었기 때문에 그 나름대로 시간이 걸렸다.

하지만 메비스와 마일이 싸우는 동안 머릿속으로 영창하여 홀드할 시간은 충분했다. 그래서 바로 쏠 수 있었던 것이다.

『『『『『『………….』』』』』』

울기 직전, 아니 그냥 울면서 점원 다섯 명이 충성심 때문인지『이대로 아무것도 하지 않으면 나중에 입장이 위태롭다』라는 생각에 자포자기해서인지는 모르겠지만 양팔을 마구 휘두르며『붉은 피가 좋아!』에게 달려들었는데, 물론 모두 메비스에게 맞아 쓰러졌다.

마일의『아앗, 흉악 범죄자들이 또 공격해요! 몸을 지키기 위해 어쩔 수 없이 정당방위로 상대를 제압하죠!』라는 설명조 대사와 함께…….

조금 전 경호원들과의 싸움을 지켜보고 죽지는 않겠다는 생각에, 잘 넘어지기만 하면 상회주에 대한 면목이 설 것이라고 생각했을까…….

물론 양날검으로는 검등으로 때리기가 불가능했기 때문에, 메비스는 검을 검집에 넣은 채로 허리에서 뽑아 때렸던 것이다. 『검등으로 때리기』나 『검 옆면으로 때리기』가 안 된다면 『검집으로 때리기』가 있다.

초보자를 상대할 때는 검 옆면으로 때리는 것조차 위험하다고 여긴 메비스의 배려심이 엿보였다.

그래서 아마 큰 부상은 입지 않았으리라. 직원들이 바라던 대로.

보통 검집은 그리 딱딱하지 않지만, 마일이 특별히 만든 물건이라 쉽게 망가지지도 않았다.

게다가 마일 일행은 아침 2의 종(오전 9시)이 막 쳤을 때, 그러니까 개점과 동시에 행동에 들어갔기 때문에 가게 안에 손님은 아직 없었고, 매장에 있던 직원들은 모두 밖으로 뛰어나왔기 때문에 안에는 아무도 없었다.

그 사실을 마일이 탐색 마법으로 확인한 후 한 공격이었기에 조금 전 가게 건물에 대고 한 공격마법의 위력은 강력했으나 사상자는 없을 터였다.

물론 매장 더 안쪽에는 다른 직원이나 하인들이 있었겠지만, 가게를 향한 공격마법의 작렬음과 파열음을 듣고 모두 뒷문으로 빠져나갔을 테니 그 이후의 공격도 안심이었다.

말단 직원이 아니라 더 윗선, 즉 상회주나 지배인들의 모습은 보이지 않았는데, 아마 뒷문을 통해 달아나 크게 우회해서 이쪽으로 오고 있는 도중이겠지.

그렇게 여기면서 네 사람이 다시 가게에 대고 공격마법을 연발하고 있자…….

"그, 그만! 이게 무슨 짓이냐! 아아, 아아악, 내 가게가아아아!"

몇 명의 남자와 함께 통통한 남자가 뒤뚱거리며 달려오더니 가게의 참상을 보고 맥없이 주저앉았다.

"당신이 수인 소녀를 유괴해 노예로 만든 흉악 범죄자지? 옛 조약을 깨서 또다시 인간과 아인 사이에 분쟁을 일으키려고 하는 대역죄인……."

"아인대전의 재발을 꾸민 사신교도인가요……."

"뭐라고?!"

레나와 마일이 큰 목소리로 어마어마한 말을 하자, 얼굴이 창백해진 상회주.

만약 방금 들은 죄가 사실이라면 관계자는 전부 목을 쳐 효수, 상회는 없애고 사유재산 몰수까지 확실했다. 그러니 당황할 만도 하다.

그렇다면 왜 그런 바보 같은 짓을 저질렀을까.

보통은 발각되지 않을 거라고 생각했기 때문이다.

자신과 아무 상관도 없는 노예 따위를 위해 자기 목숨 그리고 가족과 친족의 목숨을 위험하게 할 직원과 하인이 있을 리 없다.

그것이 상회주의 생각이었다.

또 위법 노예를 본 단골손님도 일단은 상대를 골랐고 서로 배신할 사이가 아니다.

……신뢰해서가 아니다. 서로의 약점을 쥐고 있기에 배신할 수

없다. 그것뿐인 이야기였다.

또 밀고 당한다면 한패라고 주장해서 물귀신처럼 끌어들일 것을 어렵지 않게 짐작할 수 있었다.

아무리 『자수하면 벌을 경감해준다』라고 하지만, 교수형이 참수형으로 바뀌는 정도겠지. ……별반 다를 게 없다.

어쨌든 밀고해봐야 좋을 게 하나도 없으며 분명 같이 처벌받게 된다.

그렇다, 부정적인 의미로 일련탁생, 운명공동체, 그리고 강한 동료 의식과 단단한 단결로 묶인 동료들인 것이다.

그리고 인간 위법 노예라면 모를까, 수인이나 마족 등 『아인』은 아무리 인간과 같은 권리를 가졌다고는 하나 그건 어디까지나 형식적인 이야기이지, 아인대전 때 참견했던 망할 고룡들에게 등 떠밀려 어쩔 수 없이 받아들인 조건에 지나지 않는다.

아인은 어디까지나 『인간이 아니다』.

그래서 『아인』인 것이다. 『인간에 준하는 존재』일 뿐 절대 인간에게 못 미치는 존재. 인간 미만인 유사품.

그런, 그렇게까지 오래되지 않은 옛날 생각에 계속 젖어 있는 자가 아직 다수 있다. 그리고 그들은 다른 사람들도 속으로는 다 똑같이 생각할 거라 여기고 있었다.

그렇다, 아인의 일종인 수인 아이를 마치 애완동물처럼 기르고 단골에게만 보여주면서 자랑하는 이 상회주처럼…….

만일 종업원이나 하인 중 누군가가 경비대에 신고한다고 해도 도시의 유력자이자 영주와 긴밀한 관계에 있고 경비대 상위층은

뇌물을 받아먹은 게 있기에 오히려 신고한 사람만 붙잡혀 문책당해 범죄 노예로 전락.

남겨진 가족은『허위 신고』라는 민폐 짓, 날조된 비리 사건에 대한 배상금을 갚기 위한 빚 노예로 전락.

그것을 알기에 신세 망치는 무모한 짓을 하려고 하는 사람은 이 상회에 아무도 없었다.

그런 자(올바른 자)는 이미 예전에 다 도태되고 없었다.

어떤 자는 해고당하고, 어떤 자는 스스로 그만두고, 또 어떤 자는 기억에도 없는 죄 또는 실패의 책임을 떠안고…….

도태압(淘汰壓).

원래는 모자란 개체나 종의 존속에 부적격인 개체를 배제하기 위한 자연스러운 선별을 뜻한다.

하지만 이 상가에서는『옳은 자』를 배제하고 이상한 놈의 지배 아래에서도 적응하는 자만 살아남는 방향으로 작용했다.

……즉, 쉽게 말해『현재 남아 있는 종업원은 모두 썩어빠진 한통속』이라는 뜻이었다.

"가게 사람들은 아무것도 몰랐을, 리가 없죠……."

"……그러니까 죽지만 않으면 가게 사람들까지 휘말려도 상관없다는 거지?"

혹시 몰라 확인하는 레나에게 마일이 당황하며 말을 고쳤다.

"가게 종업원은! 안쪽 주거 구역에 있는 메이드와 허드렛일을 하는 하인 중에는 정상적인 사람도 있을 텐데 그 사람들은 휘말리면 안 돼요!"

"······쳇, 성가시네······."

마일의 충고에 그렇게 말하며 언짢은 듯 인상을 찡그리는 레나
였는데, 말은 그렇게 해도 아무 상관 없는 사람까지 휘말리게 할
레나가 아니라는 것은 동료들 모두 잘 알고 있었다.

"그럼 일단 작업을 계속하자."

"""하앗!"""

"윈드 커터!"

"윈드 엣지!"

"클레이 필러!"

"워터 랜스!"

슝슈웅퍼억쏴쏴쏴!

"하지 말라고오오오~~!"

필사적으로 막으려는 상회주와 지배인, 부지배인을 조금도 개
의치 않고, 경비병들이 현장에 달려올 때까지『붉은 피가 좋아!』
의 파괴 활동이 계속해서 이어졌다······.

*　　*

현장에 달려온 경비병들은 황당한 표정으로 그 자리에 멈춰
섰다.

자신들이 지금 어디 있는 것인가.

신고를 받고 부리나케 달려온 장소, 즉 이곳은 이 도시에서도 유수의 대상회 앞이었다.

……그렇다, **대상회 앞**이어야 할 터였다.

그런데 현실은…….

무너져 내린 『원래는 대상회였던 것』, 그 『현재는 잔해더미 이외에 그 무엇도 아닌 것』 앞에 서 있는 경비병들.

반쯤 무너진 것도 아니다. 거의 『7분의 6 붕괴』.

그리고 잔해더미이긴 하지만 무슨 영문인지 그 안에 일직선으로 곧게 뻗은, 폭 2m 정도 되는 『부자연스럽고 잔해가 아니라 마치 거기만 잔해를 치운 듯 보이는 통로』…….

마침내 정신을 차린 경비병 지휘관이 크게 소리쳤다.

"이게 도대체 어떻게 된 일이야! 누가 설명을 좀!"

하지만 얽히고 싶지 않은지, 구경꾼 중에 대답하는 사람이 아무도 없었다.

가게 관계자들은 아연실색해서 반응하지 않는 자, 자기 입으로 경비병에게 증언하는 건 피하고 싶은지 입을 꾹 다문 채 고개를 숙인 자 등 적극적으로 경비병에게 나서려고 하는 사람이 없었다.

경비병을 부르러 갔던 사람도 자기가 이 자리를 벗어났을 때는 이런 상태가 아니었기 때문에 뭐라고 설명할 길이 없었다.

아무도 반응하지 않자 당황한 지휘관이 주위를 둘러보다가…….

"어이, 거기 너! 헌터 길드에서 나온 직원이지! 설명해라!"

운 나쁘게도 아는 얼굴인 듯한 길드 직원이 지명되자, 아차 하는 표정으로 머리를 감싸 안았다.

이곳은 도시 중심부 부근이라 경비대 초소도 가깝지만 헌터 길드 지부는 더 가까웠다.

그래서 마일 일행이 처음에 크게 소리쳤을 때 직원과 헌터들이 무슨 일인가 싶어 뛰쳐나왔던 것이다. 헌터들은 시간 때울 겸 구경하러. 그리고 직원들은 소동이 길드와 관련 있는 일인지 걱정되어.

그리고 지금 확실하게 알 수 있는 것은 『이 안건에는 절대 엮여서는 안 된다』라는 사실이었다.

괜히 휘말렸다가는 잘해야 길드 추방 처분, 재수 없으면 교수형에 처할 가능성까지 있는 최악의 안건이었다.

그래서 그저 지켜보면서 상황을 파악하고 정보를 얻을 뿐. 그런 생각에 미적미적 구경만 하고 있었는데 설마 했던 지명이라니. 그야 머리를 뜯고 싶어지겠지.

그리고 좌우를 쳐다보며 동료들에게 도움을 호소했으나 다들 슬쩍 시선을 회피했다. 마찬가지로 평소에 도움을 주었던 헌터들에게도……

세상의 비정함에 썩은 동태 눈을 하고서도, 그 직원은 어쩔 수 없이 슬쩍 손가락으로 가리켰다.

흐뭇하게, 해냈다는 표정으로 거친 콧바람을 내쉬고 있는 네 명의 소녀들 쪽을 향해……

그렇다, 제대로 대답해 이 사건에 엮일 생각이 전혀 없는 직원의 필사적인 『난 모르는 일이야, 쟤네한테 물어봐라!』 어필이었다.

그리고 지휘관은 순순히 마일 일행 쪽으로 다가갔다. 그 직원에게 대답할 생각이 전혀 없음을 분명히 알았기에…….

자신이 한 무언의 어필이 통하자 직원은 진심으로 가슴을 쓸어내리며 한숨을 내쉬었다.

"……너희, 상황을 설명해주겠나?"

네 명의 머리에 달린 동물 귀를 당연히 알아차렸겠지만, 공무에 임한 자로서 일단『아인과 인간족은 같은 권리를 가진다』라는 형식적 자세를 지키려는지, 아니면 이 사안이 몹시 예민한 문제임을 깨닫고 진지하게 구는 것인지, 그것도 아니면 아무리 상대가 수인이라지만 미성년자를 포함한 젊은이들이어서 그런지 일단은 정중한 (경비병치고는) 말투로 마일 일행에게 그렇게 묻는 지휘관.

아마 마일 일행이 사정을 잘 알고 있거나 처음부터 현장을 본 목격자라고 판단했으리라. 그들이 이 모든 일의 원흉이라고 여기기에는 가게의 참상이 너무나 심각했다.

"그건…… 아, 그 전에…….""

그리고 그렇게 말하며 고양이 귀 카추샤를 벗는 마일.

이어서 레나 일행도 저마다 짐승 귀 카추샤를 벗었다.

"앗?"

""""아아앗?""""

""""""""아아아아아아아앗~~!!""""""""

경악하는 경비병과 관중들.

그렇다, 제삼자가 끼어들거나 말참견을 못 하게 하려고 짐승 귀를 장착했던 마일 일행은 끝까지 그것을 쓸 생각이 없었던 것이다. 그렇지 않으면 이 일련의 사건이 전부 수인들 탓이 되고 말 테니까.

이제 이 단계까지 와서 제삼자의 개입 저지를 운운할 필요가 없어졌기에 자신들은 인간족 인간종이라는 사실을 확실히 드러냈다.

"""""""""뭐야, 이게에에에에에에~~!!"""""""""

하지만 지금은 현장의 주도권이 경비병 그리고 그 지휘관에게 있었다.

그래서 수인이 아니라 그냥 인간 소녀들임을 안 지휘관은 영문을 알 수 없으면서도 조금 전보다 더 정중한 말투로 질문했다.

"……그래, 우리 아가씨들. 뭘 봤는지 알려줄 수 있겠니?"

노골적인 어린애 취급에 살짝 욱하면서도 꾹 참고 레나가 설명에 나섰다.

"우리가 본 건 수인 아이를 유괴해 지하 감옥에 감금하고 노예로 부리고 있는 나쁜 놈들이랑 우리가 그걸 캐물으니까 공격하려다가 지금 거기 누워 있는 남자들의 추태랑 ……저쪽에 보이는 지하 감옥으로 이어진 비밀 문 정도?"

"뭐라고……."

할 말을 잃은 지휘관.

레나의 설명 중 『수인 아이를 유괴해 지하 감옥에 감금하고 노예로 부리고 있다』란 『나쁜 놈들』을 가리키는 수식어이고, 본 것은 『나쁜 놈들의 모습』이지만, 빠른 속도로 늘어놓은 레나의 말은 마치 유괴와 노예 취급 현장을 직접 목격한 것처럼 받아들여졌다.

물론 일부러 그런 것이다. 어젯밤에 충분히 다듬고 암기한 대사였다.

　"무, 무슨, 아무 근거도 없는 헛소리를!"

　상회주가 황급히 레나의 말을 부정했지만, 동요한 그는 조금 전 레나의 말을 정확하게 받아들이지 못했다.

　만약 차분한 상태였다면 그 대사 중에 있던, 자신에게 치명적인 단어를 그냥 넘겨버리지 못했을 테니까.

　하지만 그전에 나왔던 『유괴』, 『지하 감옥에 감금』, 그리고 『노예』라는 너무나 강렬하고 임팩트 있는 파워 워드 때문에 이미 한 번 나왔던 『지하 감옥』이라는 단어가 머리에서 스르륵 빠져나가고 말았을까…….

　그 치명적인 단어, 『지하 감옥으로 이어진 비밀 문』.

　"마일!"

　"넷!"

　레나의 지시에 마일은 잔해가 없는 곳을 쭉 나아가 바닥에 손을 대더니 단번에 문을 위로 열어젖혔다.

　그 주위에는 잔해가 없었기 때문에 그곳에 비밀 문이 있다는 사실과 그 안으로 들어가는 마일의 모습까지 경비병과 관중들 눈에 적나라하게 다 보였다.

　……물론 부자연스럽게 거기만 잔해가 없었던 이유는 그걸 노렸기 때문이다.

　그리고 수십 초가 흐른 후, 한 소녀를 공주님처럼 안아 든 마일이 다시 모습을 드러냈다.

"힉!"

"너무해……."

"맙소사……."

그 모습을 보고 저마다 비난하는 관중들.

……그렇다, 마일에게 안긴 소녀는 누더기 차림에 왼쪽 눈을 가리는 형태로 머리에 붕대를 칭칭 감고 있었으며, 눈 부위에는 검붉은 얼룩이 있었다.

게다가 더러운 천에 묶인 왼팔. 검붉은색으로 물든 더러운 천이 휘감긴 오른발.

"""""""…………."""""""

"모, 몰라! 난 분명히 깨끗한 옷을 입혀줬고, 다치게 하지도 않았어! 뭔가 잘못됐어, 누군가가 벌인 짓이라고!"

상회주가 필사적으로 소리쳤지만, 아무도 그에게 눈길조차 주지 않았고 그 말을 믿지도 않았다.

……그저 상회주가 그 어린 소녀의 존재를 알고 있었다는 것, 또 소녀가 자기 관리 아래 있었다는 사실을 자백했다는 사실 이외에는…….

"지하에 감옥에 있어요. 확인해 보세요!"

마일의 말에 지휘관이 지시하자 두 경비병이 지하로 내려갔다가 곧 돌아왔다.

"지하 감옥…… 감금방이 여러 개 있었습니다. 요강과 담요, 그 밖의 상태로 볼 때 사용 중이던 게 틀림없습니다. 그중 하나는 자물쇠가 부서져 있었습니다만……."

감금방은 정확하게 말하면 『지하 감옥』과는 조금 성질이 다르다.

아니, 지하에 있는 감옥이라는 의미에서는 별로 다르지 않을지도 모르겠지만…….

감금방은 징벌을 목적으로 범죄자를 수용하는 용도가 아니라 사설 연금용 시설이기 때문에 일반적인 감옥보다 주거성이 높고 환경이 그렇게까지 열악하지 않다.

마일 일행은 의도적으로 『감금방』이 아니라 『지하 감옥』을 연호했지만, 경비병은 역시 상관에게 정확하게 보고했던 것이다.

물론 마일은 살리샤를 감옥에서 꺼낼 때 검으로 목제 창살을 절단하지 않고 자물쇠 부분을 칼자루로 몇 번 내려쳐서 파괴한 것처럼 그럴듯하게 위장했다.

무시무시한 형상을 하고, 이를 바득바득 갈면서 살기 어린 눈빛으로 상회주를 노려보는 지휘관.

토끼 수인 소녀 살리샤의 옷과 붕대, 더러운 얼굴과 핏자국은 물론 마일이 꾸민 코스프레와 메이크업이었다.

마일은 딱히 살리샤가 다쳤다거나 학대받았다고 이야기하지 않았다.

그저 감금되어 있던 『심심한 나머지 다친 사람처럼 분장한 소녀』를 밖으로 데리고 나왔을 뿐이다. 거짓말은 하나도 하지 않았다.

"아니야! 난 모르는 일이라고! 내가 다치게 한 게 아니란 말이야아아아~~!"

그리고 상회주 역시 거짓말은 하지 않았다…….

상회주, 지배인과 부지배인 그리고 메비스의 검집에 맞고 널브러진 점원들과 나중에 밖으로 나온 종업원, 하인들은 모두 경비병에게 붙잡혔다. 물론 경호원들도 마찬가지였다.

모두 나중에 꼼꼼히 취조해서 아무것도 몰랐던 자와 정상참작의 여지가 있는 자들은 알맞게 처리해 줄 것이다. 지금은 누가 유죄고 누가 무죄인지 모르기 때문에 일시적으로 전원 확보했을 뿐이다.

이만큼 화려하게 일을 쳤으니 아무래도 은폐하고 묵살하기란 불가능하겠지.

많은 관중 가운데에는 왕도나 다른 영지에서 온 상인, 다른 나라 상인, 첩자(현지 정주형 첩보원), 기타 등등이 있다. 절대 덮을 수 없다.

그리고 자신들에게 불똥이 튀는 것을 피하려면 영주, 자식이 있는 하급 관리, 경관들은 이 상인을 『버릴』 수밖에 없으리라. 뇌물을 받아먹던 경비대 윗선도, 연결된 중소 상인들도 전부…….

어쨌든 왕궁에서 이 사실을 알게 될 것은 확실하다. 그리고 다른 영지와 다른 나라 상위층도…….

옛 조약. 아인대전의 재발을 막기 위해 많은 종족이 맺은 협정.

그 모든 것을 무효로 돌릴 위험을 내포한 행위는 감싸기조차 꺼려지는 대역죄였다.

자기 몸을 지키려면 전력을 다해 위법자를 때리는 수밖에 없다. 조금이라도 옹호하는 발언을 했다가는 자신도 전력을 다해 얻어맞는 쪽이 되고 말 테니…….

정상적인 귀족이나 상인이라면 그런 부분을 잘 이해하고 있을 터였다.

하지만 역사 공부에 뒷전이었던 바보 귀족, 위기감이 별로 없는 사람, 절대 들킬 일이 없고 들키지만 않으면 문제없다는 근거 없는 안이함을 가진 사람들은 어느 시대든 끊이지 않고 존재하는 법이다.

'증거 서류가 들어 있는 비밀 금고는 벽을 부숴 놨으니까 바로 발견되겠지. 그리고 감금방이 하나뿐이면 사람들 눈에 띄면 곤란한 가족을 가두기 위해서라고 주장할 수 있지만, 감금방이 그렇게 많으니 둘러댈 핑계도 없을 거야……. 그럼 슬슬 이탈을…….'

"아, 자, 잠깐!"

소녀를 안은 채 스리슬쩍 그 자리를 벗어나려는 마일 일행을 경비대 지휘관이 허둥지둥 불러 세웠다.

((((쳇…….))))

스리슬쩍 훌륭하게 페이드아웃해서 사라질 계획이었던 『붉은 피가 좋아!』 일동은 무심코 혀를 찼지만, 그들을 그냥 놓칠 리 없었던 것이다.

"너희에게는 사정 설명과 증언을 받아야 해서. 경비대 본부까지 같이 가줘야겠어. 사안이 사안인 만큼 경우에 따라서는 영주님께 보고드려야 할지도 몰라. ……아니, 걱정할 필요는 없어. 상황상 누가 봐도 악당은 상인 쪽이니까. 그냥 상황 설명을 들으려는 것뿐이다. 그리고……."

그렇게 말하고는 가게였던 것 쪽으로 슬쩍 시선을 옮기는 지휘관.

……누가 봐도 너무 지나쳤다.

하긴, 이 부분은 약간의 설명을 요구해도 무리가 아니겠지.

'난감하네…….'

'난감하게 됐어…….'

'난감하네요…….'

'잘 회피해야…….'

그렇다, 물론『정의는 나의 것!』이지만, 너무 자세하게 물어보면 곤란했던 것이다.

무엇보다도 길드 지부에서 나와, 마일 일행이 자칭하는『붉은 피가 좋아!』라는 수상쩍은 이름이 아니라『붉은 맹세』라는 이름으로 등록된 파티라는 사실이 들킬지도 모른다는 점.

……아니, 그 이름을 쓴 것 자체는 별로 문제가 되지 않는다.

실제로 존재하는 다른 파티명을 썼으면 큰일이지만, 자신들이 별칭을 써서 길드를 통하지 않고 자유 계약으로 일을 받는 것 자체는 딱히 법에 걸리지 않기 때문이다. 유명 파티가 자원봉사 차원에서 수준 낮은 의뢰를 받을 때 자기 파티가 손상을 입지 않도록 가명을 써서 자유 계약으로 받아들이는 경우도 없지 않았다.

그렇다, 마치 유명 만화가가 다른 필명으로 몰래 19금 만화를 그리기도 하는 것처럼.

하지만 마일 일행은 이번 일을『붉은 맹세』가 벌였다는 사실이 드러나는 것을 피하고 싶었다.

무엇보다도 살리샤의 부상이 겉으로 꾸민 것일 뿐 메이크업이
라는 사실이 들키면 곤란했다.

　이건 정말로 곤란했다.

　감금방에 갇힌 소녀가 왜 그런 짓을 했는가.

　메이크업 도구는 어떻게 구했는가.

　어떻게 그런 메이크업 기술을 가지고 있나.

　……추궁하면 설명할 길이 없다.

　무엇보다도 이 의뢰가 마일 본인이 낸 자유 의뢰로 사실상 의
뢰인 없이 마일 일행이 멋대로 한 행동이라는 것.

　살리샤 구출만 했으면 뭐, 의협심에서 비롯된 정의로운 행동이
라고 불문에 부칠 수 있을지도 모른다.

　……하지만 가게의 그 참상은 누가 봐도 허용 한도를 넘어섰
다.『왜 경비대에 신고하지 않았는가』,『왜 자기들끼리 제멋대로
일을 저질렀는가』등 비난받을 게 거의 확실했다.

　아니, 물론 경비대에 신고해봐야 뇌물을 받은 사람들 때문에
무시되거나 오히려 마일 일행이 잡힐 가능성도 있어서 그랬던 것
이지만, 그렇게 말하면 경비대 측이 자신을 지키기 위해 더 강압
적인 태도로 나올 게 뻔했다.

　또 그랬다가는 경비대로부터 정보를 받은 상회주가 사람을 고
용해 마일 일행을 제거하려고 했거나 증거 은폐를 위해 살리샤를
어떻게 했을 가능성도 있었기에 그것은 악수였고 마일 일행은 그
렇게 할 생각이 조금도 없었던 것이다.

　……곤란하다. 어쨌든 곤란하다.

그것이 마일 일행의 공통 인식이었다.

그래서…….

"이노옴! 썩 물러나지 못할까! 건방지구나!"

"""허어어어어어억!"""

그렇다, 기세와 허풍으로 이 위기에서 빠져나가려고 지휘관을 향해 마일이 뭐라도 되는 양 굴기 시작했던 것이다…….

"우리에게 물을 것까지도 없이 이놈들이 유괴범과 중개업자를 통해 수인 소녀를 취한 것이 자명하거늘! 이제 저들을 취조해 아직 잔뜩 남아 있을 나머지 죄를 토해내게 해야 마땅하다! 우리는 그저 여신 엘님의 선탁을 했을 뿐!"

『탁선(託宣)』이 아니라 『선탁(宣託)』을 쓴 것은 신관 등이 매개가 된 것이 아니라 여신에게서 직접 받았을 경우 그게 더 올바른 용어이기도 했고, 마일이 거짓말을 최대한 하고 싶지 않아서이기도 했다.

……그렇다, 그 직전의 『여신 엘님의』이라는 부자연스러운 단어와 연결 지어 보려고 마일이 『나중에 자기 속옷을 빨아서, 눈이 보이는 내가 '세탁'하면 되지!*』라는, 이제는 억지라는 영역에조차 닿지 않고 『거짓말은 아니다』라고 말하는 것조차 어이없는 무지막지한 대사를 읊었는데, 물론 경비병들의 귀에는 『그렇게 들리는 게 당연한 의미』로 들렸다.

"여, 여신님의 선탁이라니……."

"엘? 그게 여신님의 이름인가?"

---

*'눈이 보이다'의 일본어 발음은 '메가 미에루', 여신은 '메가미', 그리고 '선탁'과 '세탁'의 일본어 발음이 같음을 이용한 말장난.

"시, 신명을 받든 여신의 사자……."

지하에 갇힌 소녀의 존재를 알고 정면으로 당당히 구출해낸, 절반은 아직 미성년자인 소녀들.

마치 천벌을 받은 것처럼 파괴되었고, 무슨 영문인지 갇혀 있는 소녀에게로 이어진 길만 잔해가 없었던 부자연스러운…… 누군가의 의지가 개입되어 있다고밖에 생각할 수 없는 이 상황.

그것은 경건한 신도에게 여신의 존재를 시사하기에 충분한 상황이었다.

그리고 전투직 중에는 대체로 신앙심 깊은 사람이 많았다.

운에 따라 생사가 좌우되는 직업을 가진 사람 중 신앙이 없는 사람은 드물었던 것이다. ……범죄자를 제외하고.

그래서 당연히 이 경비병들과 지휘관도 신앙심이 깊었다.

"우리의 임무는 이 아이를 부모에게 무사히 돌려보내는 것뿐. 악당들의 처분은 그걸 해야 할 위치에 있는 경건한 종에게 맡기라는 선탁이니라. ……그대들은 경건한 여신의 종인가?"

"……지, 지당하신 말씀입니다!"

자기도 모르게, 처음 보는 소녀들에게 높임말로 대답해버리고만 지휘관.

……하지만 이 상황에서는 그렇게 나오는 것도 무리가 아니겠지.

"그렇다면 나머지 일은 맡기겠노라. 좋을 대로 처리해도 좋다. ……그럼 이만!"

그리고 무영창으로 불가시 필드를 전개해 모습을 감춘 『붉은 피가 좋아!』와 살리샤.

주변 목소리를 들을 수 있게 방음 필드는 쓰지 않았기 때문에 마일은 입에 검지를 대고 모두에게 조용히 하라는 지시를 잊지 않았다. 살리샤에게도 어젯밤에 작전과 목소리 내지 말라는 신호를 이미 알려두었다.

"""""""……사, 사라졌어……."""""""

놀라서 그대로 굳어버린 경비병들과 관중.

마일 일행은 슬쩍 잔해 쪽으로 이동해 사람이 접근할 것 같지 않은 곳에 자리를 잡고 앉았다.

불가시 필드는 물리적인 배리어가 아니기 때문에 누군가가 필드 안으로 들어오면 모습을 볼 수 있다. 그래서 관객으로 꽉 차, 도저히 사람들 사이를 헤집고 달아날 틈이 없는 이런 상황에서는 이 자리를 벗어날 수 없었다.

물리적인 배리어를 친다고 해도『아무것도 없는데 몸이 밀려나는 기괴한 현상』이 발생한다면 큰 소동이 빚어지고 주위를 포위하게 되겠지. 그래서 결국 관중이 흩어지면서 충분한 틈이 생길 때까지 이곳에서 가만히 기다릴 수밖에 없었다.

'……뭔가 실패한 것 같기도……. 좀 더 효율적인 도피법을 연구하는 게 좋을까……. 안전을 위해 외부 상황을 파악해둬야 하니까 방음 필드를 쓸 수 없으니 모두와 말도 못 하고…….'

아무리 우수한 마법을 쓸 수 있어도 그것을 효과적으로 이용할 재능이 없다면 돼지 목에 진주목걸이나 다름없었다…….

"……세…….”

““만세…….””

“““““여신님, 만세!”””””

“““““사자님, 만세~~!”””””

((((……앗?))))

갑자기 시작된 관중들의 함성에 어리둥절해진 레나 일행.

“““““여신님, 만세!”””””

“““““사자님, 만세~~!”””””

“““““여신님, 만세!”””””

“““““사자님, 만세~~!”””””

“““““여신님, 만세!”””””

“““““사자님, 만세~~!”””””

마일에게 꼭 안겨 품에 얼굴을 파묻고 있던 살리샤 그리고 금방이라도 침이 주르륵 흘러내릴 듯 풀어져 최고로 행복한 표정을 짓고 있는 마일.

가끔은 이런 상을 줘도 괜찮지 않을까 싶어 뜨뜻미지근한 눈빛으로 지켜보는 레나 일행.

레나 일행도 소녀를 구한 영웅이라는 입장은 나쁘지 않았고, 특히 메비스는 마일과 별반 차이 없이 헤벌쭉한 표정을 짓고 있었다.

……그리고 관중들의 함성은 끝도 없이 이어졌다…….

　　　　　　　　＊　　　＊

　그로부터 상당한 시간이 지나고 관중들이 겨우 해산해서 현장을 탈출한 마일 일행은 대기 중이던 슈라나와 합류해 도시를 벗어났다.

　긴 시간 갇혀 있었던 탓에 몸 상태가 걱정된 마일이 살리샤를 업고 있었기 때문에 차별하면 안 된다며 슈라나는 메비스가 업었다.

　안전한 장소에서 기다리고 있던 슈라나였지만, 대기 시간이 예정보다 훨씬 길어지는 바람에 자신을 놔두고 갔나 싶어 정신적으로 불안해진 것을 메비스가 알아차렸기 때문이기도 했다.

　……이런 부분에서 배려심 깊은 메비스의 진가가 빛을 발하고 『소녀들에게 인기만점』인 이유였는데, 물론 메비스는 그런 것을 전혀 눈치채지 못하고 있었다.

　메비스에게 업힌 슈라나의 얼굴이 조금 빨갰다.

　"미션 컴플리트예요. 이제 마을로 데리고 돌아가면 끝이네요."

　"…………."

　최대한 천천히, 라는 말은 입 밖으로 꺼내지 않는 마일이었지만 레나 일행은 다 꿰뚫고 있었다.

　하지만 슈라나와 살리샤가 있어서 그 부분에 대해 아무런 지적도 하지 않는 레나 일행.

　마일을 배려한다기보다도 그 말을 들은 슈라나와 살리샤가 깨거나 경계하는 것을 피하기 위해서였다.

"이렇게 해서 실행범 그룹 하나, 수령하는 상회 하나, 그리고 유통 센터를 쳐부수고 대량의 증거 서류를 전부 압수하게 만들었는데요……."

"그 상회와 관련된 노예 입수 루트와 판매 루트 그리고 고객들은 전부 줄줄이 검거되겠죠. 피해자 대부분이 구출될 거라고 봐요. 다른 일이면 연줄이나 뇌물로 어떻게든 될지 몰라도 옛날에 맺은 대조약에 관한 일이니 빠져나갈 방법이 없어요. 그 누구도 약간 관련된 것만으로 일족이 참수될 수 있는 일에 손대려고 하진 않을 테니, 돈이나 이권으로 유혹한다고 해도……. 비용 대 효과랄까, 메리트와 디메리트의 수지가 너무 나쁘잖아요. 놈들이 할 수 있는 건 돈과 권력으로 사건을 무마시키는 것 정도겠지만, 이렇게 정보가 퍼져나가 버린 이상 그것도 불가능하죠. 이제 아무도 도와주려고 하지 않을 테니까요, 다른 상회와 권력자들도. 그러기는커녕 불똥이 튀지 않게 하려고 전력을 다해서 공격하겠죠. 피해자가 인간뿐이면 모르겠지만 다른 종족까지 얽히게 되면 방법이 없어요. 이번에는 수인 피해자 덕분에 인간 피해자까지 덩달아 도움을 받게 되었네요."

폴린의 말에 고개를 끄덕이는 메비스와 레나.

"적어도 이 나라의 위법 노예 밀매 조직은 뿌리 뽑았다고 생각해도 되겠지. 당분간은 수인도 인간도, 그리고 다른 종족도 안심할 수 있을 것 같아."

"하지만 돈을 벌 수 있는 시장에 빈틈이 생긴다면 어차피 금방 다음 놈이 등장하겠지."

211

메비스의 말에 레나가 반쯤 포기한 듯한 어조로 어깨를 으쓱거리며 그렇게 말을 토해냈다.

그리고 마일의 눈이 번뜩였다.

"그 노예 상인이 마지막 한 마리라고는 생각하지 않아⋯⋯."*

말장난을 써먹을 기회는 절대 놓치지 않는다.

그것이 마일의 신념이었다⋯⋯.

*   *

"이제 곧 수인 마을이네요⋯⋯."

여우 수인인 슈라나, 토끼 수인 살리샤와 실컷 교감해 기분이 최고조인 마일.

하지만 그 천국도 이제 곧 끝나버릴 것이기에, 얼굴은 웃고 있지만, 기운이 없었다.

어쩔 수 없다. 이별은 늘 찾아오는 법. 그건 충분히 알고 있는 마일이었지만, 역시 최고로 행복한 순간이 끝나는 게 아쉽겠지.

"그렇게나 천천히 걸었으니 그만 포기해. 충분히 만끽했잖아."

"뭐, 그야 그렇지만요⋯⋯."

레나의 질렸다는 목소리에 뾰로통하게 대답한 마일.

욕망이란 끝이 없는 법이다⋯⋯.

퍼어억!

"""으악!"""

---

*일본 특촬 괴수 영화 『고지라』(1954)에 나온 명대사의 패러디.

갑자기 머리 위에서 뭔가가 떨어져서 자기도 모르게 소리 지른 레나, 메비스, 폴린.

메비스가 곧바로 검을 뽑았고, 레나와 폴린은 지팡이(스태프)를 쥔 채 영창을 시작했다.

마일은 탐색 마법으로 일찌감치 파악하고 있었기 때문에 놀란 기색이 없었다. 평소라면 모를까, 어린 소녀 둘을 보호하고 있는 지금은 안전 대책에 능력을 아낄 마일이 아니었다.

게다가 탐색 마법을 쓰지 않고 평소대로 마물과 기타 위험을 경계해서야 소녀와의 귀중한 한때를 실컷 만끽할 수 없다. 마일이 그걸 허용할 리 없었다.

"슈라나! 살리샤!"

돌아온 두 소녀의 이름을 외치는 낙하물…… 마을의 경계선을 지키던 남자.

작은 마을이라 마을 사람 모두 아는 사이였다. 그래서 납치당한 두 아이를 아는 것도 당연했다. 마일 일행의 얼굴도 물론 지난번 일 때문에 기억하고 있었다.

"너, 너희…….."

마일 일행을 향해 계속 말하려다가 온갖 감정으로 가슴이 벅차올랐는지 더 말을 잇지 못하는 남자.

하지만 지금은 굳이 말할 필요가 없다.

마일 일행은 그저 고개만 끄덕이고 아무 말 없이 다시 걷기 시작했다.

보초를 섰던 그 남자도 말은 필요 없다고 생각했는지, 아니면 적절한 말을 찾을 수가 없었는지 똑같이 고개를 끄덕였다.

사실은 당장 마을로 달려가 큰 목소리로 이 소식을 알려주고 싶겠지만, 지금은 보초라는 중요한 임무 중이기에 단념한 듯했다.

자기만족으로 감정을 전부 쏟아내다가 감시망에 구멍이 뚫려 마을을 위험에 빠트리는 어리석은 짓을 할 순 없었으리라.

자신이 마을로 뛰어가 시끄럽게 알리지 않아도 아이들이 무사히 돌아왔다는 사실은 변하지 않는다.

그리고 공로와 상은 이 인간 소녀들이 독점해야 마땅하다.

그런 생각에 마음을 가라앉힌 남자는 맡은 임무로 돌아갔다.

조금 더 걸어서 마을 안으로 들어가자…….

"슈라나! 살리샤!"

"오오! 오오오오오!"

"누가 저 두 아이의 가족에게 알려라! 촌장도 불러오고!"

온 마을이 들썩였다.

그야 당연하겠지.

유괴 사건의 실행범은 붙잡혔지만, 인간들에게 큰 기대는 없었다.

권력자와 이어진 다른 나라 상인과 귀족은 이곳 영주와 헌터 길드가 어떻게 해볼 수 있는 상대가 아니라는 것을 잘 알았다. 그래서 실행범을 잡고 엄벌에 처해 본보기로 삼아 재발을 방지하는 선에서 그칠 거라고 여겼던 것이다.

……물론 수인들이 아이들을 유괴한 범인들에게 행하는 『본보기용 엄벌』이므로 살려 돌려보내지 않을 것이고, 쉽게 죽이지도

않을 것이다.

그런데 인간 영주가 보낸 헌터들이 실행범을 잡은 것도 모자라 의뢰도 하지 않았던『피해자 구출』까지 해냈다.

이건 정말 기대도 하지 않은 일이었다.

그러나 그런 것들도 마을 아이들이 무사히 돌아왔다는 기쁨 앞에서는 전부 희미해지고 말겠지.

그리고…….

"슈라나!"

"살리샤!"

"세리! 세리는 어디에?!"

"""""아~……."""""

물론 살리샤의 코스프레와 메이크업은 다 지우고 슈라나와 함께 휴대식 요새 욕실에서 깨끗하게 씻긴 다음 마일의 아이템 박스에 넣어두었던 평범한 아동복(마일은 늘 아동복과 과자, 작은 새와 고양이 귀, 개다래나무 가지 등을 갖추고 있었다)을 입혔다. 지극히 평범한 옷이지만, 이 마을 아이들이 입은 것에 비하면 상당히 좋고 귀여운 옷을.

그런데 문제는 그게 아니었다.

있는 힘을 다해 달려온 가족들이 슈라나와 살리샤를 부둥켜안으며 울고불고 난리가 난 그 옆에서…….

"세리! 왜 세리가 없는 거야아아아!"

그렇다, 이 마을에는 세리, 백작 저택에서는 리리아로 불리며 그곳에 남기를 희망했던 소녀. 그 가족에게는…….

"어떻게 된 거야! 왜 세리만 없어! 서, 설마……."

"으으으, 사, 살아 있어요, 죽진 않았으니까요오오오!"

세리의 어머니로 추정되는 아주머니에게 멱살 잡혀 몸이 반쯤 허공에 뜬 상태로 마일이 열심히 소리쳤지만, 손을 놓을 기색이 없어 마침내 마일의 몸이 거의 완전히 뜨다시피 했다.

"으아아악……."

"아주머니, 아주머니!"

"목 졸려! 목 졸려요!"

"브레이크! 브레이크!"

당황해서, 괴력으로 마일의 멱살을 잡아 공중에 든 아주머니의 등을 탁탁 때리는 메비스 일행. 아무래도 옷깃이 목을 콱 조이고 있는 듯했다.

역시 수인이었다. 비전투직으로 보이는 평범한 아주머니도 힘이 상당했다.

……아니, 어쩌면 딸 때문에 이성을 잃어 제한이 풀려버린 것뿐인지도 모르지만…….

메비스 일행이 어떻게든 마일을 구해냈지만, 이제 몹시 부담스럽고 성가신 일이 기다리고 있었다.

……그렇다, 세리의 어머니로 보이는 이 아주머니 그리고 아버지와 형제로 보이는 자들에게 『유감스러운 소식』을 전해야 했다.

하지만 다른 마을 사람들이 많이 있는 이곳에서 그 이야기를 할 수는 없었다.

세리에게도 가족들에게도 별로 명예롭지 않은 이야기이기에⋯⋯.

"자, 자세한 건 촌장님 댁에서 관계자들끼리만! 일단, 휴식부터 좀 취하게 해주세요!"

그리고 메비스의 필사적인 호소와 마일의 『죽지는 않았다』라는 말에 어머니도 약간 안정을 되찾고 주변 마을 사람들의 설득도 있어서 일단은 시큰둥하게 물러갔다⋯⋯.

제111장 수인 마을에서

"마, 말도 안 돼!"

마일 일행에게서 상세한 이야기를 들은 세리의 어머니가 아연 실색했다.

"도와주러 갔는데 거절하고 그대로 남겠다고 했다고? 그 애가 그랬을 리가 없어!"

그야 뭐, 못 믿는 것도 무리는 아니리라.

자기 자식이『우리 가족보다 유괴범과 한편인 사람들이랑 같이 사는 게 더 좋다』고 했다니 부모로서 도저히 믿기 힘든, 아니 믿을 수 없는 말이겠지.

하지만…….

"귀족 집에서 거기 애들이랑 같은 대우를?"

"맛있는 걸 먹고 깨끗한 옷을 입고 자유로운 생활을?"

"그, 그것도 모자라 가문의 대를 이을 아들과 결혼할 수 있을지도 모른다고?"

""""우리도 거기 갈래!""""

과연 남자아이들은 말이 없는 반면 세리의 자매들은 다들 일제히 그렇게 소리쳤다.

……소리치고 말았던 것이다…….

세리의 부모님은 할 말을 잃었다. 당연하게도…….

이곳 촌장의 집에는 촌장 부부와 『붉은 맹세』 이외에 세리의 가족 그리고 마을의 주요 인사 몇 명만이 모여 있었다.

많은 사람 앞에서 할 이야기가 아니었고, 세리의 부모에게는 불명예스러운 일이었기에 최소 인원만으로 좁힌 결과였다. 마을 사람들도 뭔가 좋지 않은 이야기임을 알아차려서, 출석자를 한정한 것에 대해 아무도 뭐라고 하지 않았다.

그리고 모인 멤버 역시 별로 좋은 이야기가 아닐 거라고 각오하고 있었는데, 설마 이런 내용일 줄은 꿈에도 몰랐던 듯했다.

하지만 이야기를 다 이해하지 못한 부모에게 잘 설명해서 받아들이게 만들어야 한다. 그래서 어쩔 수 없이 마일이 세리의 전언을 들려주기로 했다.

……이런 설명을 맡는 사람은 언제나 마일이었다.

"으~음, 그러니까~, 『여자아이라는 이유로 대우도 나쁘고 불편하고 아무것도 없는 촌동네에서 남자에게 착취만 당하며 인생을 끝낼 생각은 없어요. 전 이곳에서 행복하게 살래요』라면서, 아하하…….."

……이것도 마일이 나름 신경 써서 세리가 한 말을 상당히 부드럽게 순화한 말이었다. 원문은 더 지독했다.

""뭐야…….""

"""치사해, 자기 혼자만!"""

""………….""

부모, 여자 형제와 남자 형제의 반응이 극명하게 엇갈렸다.

그리고…….

"그렇지, 마을을 떠나면 되는구나!"

"유괴가 아니라 자기 발로 마을을 떠나 인간 도시에서 평범하게 일하면서 살면…….."

"수인이라 차별받는다고 해도 여기에서의 남존여비보다는 훨씬 나을지도…….."

"이 애들처럼 헌터가 되는 건 어때? 인간보다 신체 능력이 뛰어난 우리라면 잘할 수 있을 것 같지 않아? 보니까 헌터는 실력 위주인 세계 같으니까…….."

"그런가! 우리 그리고 한두 명 정도만 더 넣어서…….."

""아!""

딸들의 반란에 얼굴에 핏기가 가신 부모.

""그럼 우리 뒤치다꺼리는 누가하고?! 우리가 허락할 것 같아?!""

그리고 노예가 없어지면 곤란한 남자 형제들의 분위기 파악 못한 발언.

"""""아~…….."""""

촌장과 다른 사람들도 왠지 굳어 있었다.

만약 이 이야기가 마을 전체에 퍼진다면.

그리고 젊은 아가씨들 모두 이 여자애들과 똑같은 말을 한다면.

……마을은 끝장이다.

그리고 촌장의 입에서. 뒤이어 주요 인사들과 부모의 입에서 목소리가 새어 나왔다.

"""""""으…….."""""""

"으?"

""""""""으아아아아아아아아악~~~!""""""""

*　　*

　그 후, 세리의 경우는 엄청난 행운이었다는 점과 살리샤는 감금되어 있었다는 점 그리고 슈라나는 『허드렛일을 하는 하인』이라는 입장으로 일반 인간 하인과 똑같은 대우이긴 했지만 무급. 또 그건 어디까지나 『좀 더 성장할 때까지』 잠정적인 입장이었고 그 이후에는 꽤 가혹한 운명이 기다리고 있었다는 사실을 마일이 잘 설명해서 겨우 수습할 수 있었다.

　그래도 세리의 언니들은 쉽게 포기하지 못하는 모습이었다.

　……뭐, 무리도 아니겠지. 조금 전에 들은 동생의 생활은 이 마을 소녀가 들었을 때 지나치게 매력적이었으니까.

　그리고 여자아이들의 그런 모습에 전전긍긍하는 부모와 촌장 일행.

　이 이야기가 마을 여자들에게 퍼지면 큰일이다.

　그리고…….

　"어라? 유괴되어 팔렸을 경우의 운명은 일단 설명을 듣고 납득했지만, 마을 여자애들끼리 헌터 파티를 구성하는 것에 관해서는 부정적인 이야기가 전혀 안 나왔잖아? 애당초 연약한 인간 미성년자들이 어엿하게 제구실하게 되어서 유괴 조직 토벌을 맡길 수 있을 정도로 신뢰를 얻어 활약하고 있다는 건, 다시 말해 우리는 더 많이 벌 수 있다는 뜻 아닌가?"

"""""""으윽!"""""""

정곡을 찔렸는지, 다시 시작된 세리 언니의 지적에 어른들의 표정이 굳어버렸는데…….

"……보여주자."

발끈한 레나가 그렇게 말했다.

"동화 열십자 베기!"

"동화 두 번 접기!"

"염열지옥!"

"나선관통탄!"

"잘못했습니다!"

""생각이 짧았습니다아아~~!""

……이야기는 무사히 종료되었다.

……하지만 훗날, 세리의 자매들은 어른들 몰래 의논했다.

"세리가 있는 데로 가면……."

"바로 그거야! 세리의 주인에게 일자리를 소개받으면……."

"아니아니, 그보다도 세리의 주인한테 아들이 하나뿐이려나?"

""아…….""

"그리고 가신의 아들이라든지 드나드는 상인의 아들이라든지……. 그거 알아? 인간 아이의 절반이 남자라는 거!"

""오오오오!""

……당연하다.

아니, 수인이 유독 남녀 비율 차이가 심한 종족일지 모르겠지
만…….

"세리가 지내는 곳이 어디인지 알아?"

"응, 이야기에 나온 도시 이름을 기억하고 있어."

""잘했네!""

"좋아, 어떻게든 지도를 구해서……. 세리 혼자 탈출하게 둘 것
같아?! 저지르는 거야, 우리의 빛나는 미래를 위하여!"

"""예이예이호~~!"""

*　　*

"이번엔 뭐라고 감사 인사를 전해야 할지…….'

세리의 가족이 돌아간 후, 촌장과 주요 인사 세 명이 마일 일행
에게 깊이 머리를 숙였다.

아마 아이들 구출 4할, 마을 붕괴 저지 6할, 정도겠지.

그런 생각에 쓴웃음 짓는 『붉은 맹세』 일동.

"일단은 의뢰가 완료되어 완료 증명서에 사인하고 길드에도 그
렇게 통보했는데, 아무리 의뢰하지 않은 일까지 했다지만 인사도
보답도 없으면 수인으로서 면목이 서지 않아. 그랬다는 이야기가
다른 마을에 퍼지면 우리의 신용도 바닥에 떨어질 거야. 그래서
꼭 감사 표시를 하고 싶네. 저번에 유괴범을 잡아준 일, 그리고

우리와 보수 교섭도 하지 않고 떠난 걸로 봐서 이번 일로 많은 보수를 요구할 생각이 없다는 건 잘 알고 있어. ……하지만 그럼 우리가 곤란해, 그 정도는 이해해주겠지?"

명예와 신의를 중요하게 여기는 수인들이 할 법한 말이기는 하다.

기사를 꿈꿔서 역시 명예와 신의를 중요시하는 메비스는 굉장히 잘 이해할 테고, 나머지 세 사람 역시 그 정도는 알고 있었다.

그래서 어떤 식의 보답을 받아들여야 할 터였는데, 자신들이 마음대로 한 일인데 많은 금액을 받기도 마음에 걸리고 이 마을에 이렇다 할 현금 수입이 없다는 사실(엘프 마을과 같은 이유로)을 알고 있었기 때문에 현금이나 환금 가능한 것을 받기도 꺼려졌다.

어떻게 하지, 하며 서로 마주 보는 레나 일행이었는데…….

"그렇지! 그럼 보수 대신 고룡한테 연락을 좀 취해 주세요!"

""""뭐어어어?""""

마일이 또 이상한 소리를 꺼냈다.

"전에 수인이 그랬잖아요. 『우리는 고룡님과 연락할 수단이 있다』라고!"

"아~, 말했었지…….

"말했었네…….

"정말, 그렇게 말했었어…….

다들 똑똑히 기억하고 있었다.

"그러니까 구출 작전(퀘스트) 성공 보수로 『고룡과의 연락』을 부탁드릴게요! 그렇게 하면 마을에 금전적인 부담도 없고, 저희는 달리 방법이 없는 문제에 도움을 받을 수 있으니 보답으로 충분하답니다!"

"으~음……."

마일의 제안은 일단 일리가 있었다. 하지만 메비스가 앓는 소리를 낸 것처럼 거기에는 한 가지 의문점이 있었다. 그리고 레나가 그 점을 확인했다.

"그런데 고룡을 불러내서 뭘 어쩌려는 건데?"

그렇다, 바로 그 점이었다.

굳이 고룡을 호출해서 뭘 어쩌겠다는 것일까.

그러자 마일이 환하게 웃으며 대답했다.

"물론 마족 마을로 데려가 달라고 부탁하는 거죠!"

"""뭐?"""

레나 일행은 깜짝 놀랐다.

"전에 폴린 씨가 그랬잖아요. 마족은 거대한 산맥 너머, 대륙의 북단에 살고 있다고. 거기로 가는 상인이 없어 호위 의뢰를 받아 갈 수도 없고, 걸어가기도 힘들고……."

그렇게 말하며 폴린 쪽을 힐끔 쳐다보는 마일.

아마도 그때 폴린이 마족 마을에 가고 싶다는 마일에게 강력하게 반대한 것은 그런 문제도 있기 때문인 듯했다.

기사를 꿈꾸며 어린 시절부터 오빠들을 따라 했던 메비스. 역시 어린 시절부터 아버지와 둘이 행상 생활, 그 후로도 헌터로 몇 년이나 활동했던 레나. 둘 다 일반인들보다 훨씬 잘 걷는 편이었다.

……마일? 생각할 것도 없다.

그렇다, 도보 이동과 관련해서는 폴린이 파티의 발목을 잡을 것이 틀림없었다.

폴린도 그 점을 분명히 자각하고 있었기에 그런 사태가 벌어지는 것을 꺼리고 피하려고 했는데…….

"그러니까 우리에게 빚이 있는 케라곤 씨의 등을 타고 한 방에 날아서! 그렇게 하면 모든 종족의 마을, 풀 컴플리트라고요!"

""""그러네!""""

"그러네, 가 아니지! 너희, 고룡님을 마차 대신 이용하려고 하다니, 어떻게 감히 그런 천벌 받을 짓으로 고룡님의 심기를 건드려 몰살당할 게 틀림없는 살벌한 발언을 아무렇지도 않게 할 수 있는 거냐!"

갑자기 촌장이 빠른 속도로 열변을 토했고 주요 인사들도 다들 고개를 마구 끄덕였다.

……그렇다, 여러모로 감각과 상식이 마비되기 쉬운데 이것이야말로 세상의 일반적이고 지극히 평범한 반응이었던 것이다…….

"아니, 고룡이 저희한테 빚을 진 게 좀 있어서……."

"그것도 아주 크게."

"뭐, 승합마차 대신 정도는 수백 번이고 받을 수 있죠."

"어버버……."

그리고 너무나도 충격적인 말을 듣고, 그저 금붕어나 잉어처럼 입만 뻐끔거릴 뿐인 촌장과 주요 인사들이었다…….

*　　*

 그리하여 마일의 제안을 거절하지 못하고 떨떠름하게 『고룡을 부르는』 방법을 실행해 준 촌장과 그 일행.

 단, 무슨 일이 일어나도 책임지지 않는다, 고룡님을 화나게 했을 때는 본인들이 모든 책임을 져달라…… 요컨대 『죽어 달라』는 말을 듣고, 그 맹세로 양피지에 서명한 『붉은 맹세』.

 뭐, 그 정도로 고룡을 두려워했고 이쪽 사정으로 호출하려면 그만큼 각오가 필요하겠지.

 ……그 심정도 모르는 바는 아니다.

 보통은 그게 정상이니까. ……마일이 없으면 말이다.

 그리고 촌장 일행은 호출은 해줘도 그 방법은 절대 알려주려고 하지 않았다.

*　　*

 "……그렇게 해서 오시게 한 건데요……."

 『하핫, 뭐든 말씀만 하시지요!』

 """"………….""""

 비밀에 부친 호출 방법은 문장으로도 표현할 수 없는데, 어쨌든 마일 일행의 요청대로 찾아온 고룡은 익숙한 케라곤이었다.

 그리고 마일 일행에게 마치 심부름꾼(셔틀)처럼 구는 케라곤을 보고, 죽은 생선 같은 눈빛으로 우두커니 서 있는 촌장과 일행들.

……자주 있는 일. 그렇다, 자주 있는 일이었다…….

"……그래서 마족 마을에 데려다주셨으면 좋겠는데요……."

『기꺼이!』

케라곤은 마차 말의 역할을 대신해달라는 마일의 부탁을 설마 했던 즉답으로 받아들였다.

촌장 일행은 이제 모든 것을 깨달은……. 아니, 단념한 표정을 짓고 있었다.

"그런데 괜찮나요? 고룡은 자기 의지가 아니면 하등생물을 등에 태우는 게 어마어마하게 굴욕적인 일이라고 들었는데요……."

『뭐야, 그거 말입니까?』

케라곤은 자기가 부탁해놓고도 살짝 걱정하는 마일에게 웃으면서 대답했다.

『그건 내키지 않는 상대로부터 어떤 사정 때문에 강요받거나 교환 조건 같은 것으로 어쩔 수 없이 받아들여야 하는 경우의 이야기랍니다. 마일님의 부탁은 큰 도움을 받은 은인에게 보답할 기회이니 기꺼이 받아들이지요!』

『붉은 맹세』, 기룡(騎龍)을 손에 넣었다!

"해냈어요! 다음은 비공정이라고요!"

""""아~…….""""

물론 비공정에 관해서는 마일의 허풍동화『최후의 환상』때문에 잘 알고 있는 레나 일행이었다…….

                              *   *

　그리하여 며칠 후 마족의 거주지인 대륙 북단부까지 태워 달라
고 부탁하고, 케라곤은 일단 돌려보냈다.

　『왕도까지 모셔다드릴까요?』라는 말도 들었지만, 그랬다간 왕
도가 발칵 뒤집힐 테니 진지하게 사양한 『붉은 맹세』 일동이었
다······.

　"원래 의뢰였던 유괴 건은 이미 영주와 헌터 길드에, 인간이 보
유한 최대 전력을 보내줘서 감사하다는 말과 함께 완전 종료 보
고를 끝냈다네. ······그런데 정말로 괜찮겠어? 아이들을 구하고
흑막의 상인을 제거한 큰 공을 보고하지 않아도······."

　"""""아하하······.""""""

　촌장의 말에 웃으며 얼버무리는 마일 일행.

　그건 정체불명의 용병 파티 『붉은 피가 좋아!』가 한 일로, 마일
을 비롯한 『붉은 맹세』와는 전혀 무관했다.

　길드를 통하지 않고 다른 나라에서 멋대로 귀족과 상가를 상대
로 위험한 짓을 저지른 것은 정체불명의 용병 파티 『붉은 피가 좋
아!』인 것이다.

　그 부분은 촌장 일행에게 거듭 당부해두었다. 행여나 길드와
영주에게 이상한 소리 하지 말라고······.

　의리가 두터운 수인들은 약속을 지켜주겠지만, 역시 어린 소녀
들 구출에 대해서는 어떤 식으로든 감사 표시를 하지 않으면 성
에 차지 않는지 아직도 이러쿵저러쿵 말하고 있었다.

마일 일행은 자기들이 마음대로 저지른 일이고 고룡과 연결해 준 것만으로도 충분하다고 생각하고 있지만, 수인들 처지에서는 자신들은 아무것도 하지 않고 단지 고룡을 불러준 것만으로는 감사 표시에 한참 모자란다고 생각했는지 꽤 끈질기게 굴었던 것이다…….

＊　　＊

"촌장님 일행이 겨우 포기해 주셨네요……."

"감사 표시와 추가 보수를 주려는 걸 말리느라 고생하다니, 이게 무슨 고문인지……."

""아하하…….""

폴린은 사실은 『받고 싶은』 수전노의 본능을 억지로 누르고 사양한 만큼 다른 세 사람보다 정신적으로 고되었던 것 같다.

그래도 사양하는 것에 반대하지 않았으니, 바탕은 선량한 사람이겠지. ……그저 수전노일 뿐.

"의뢰 임무를 끝낸 뒤로 시간이 꽤 지나 버렸네요……."

"그래도 마을 사람들이 길드에 의뢰가 무사히 완료되었다고 말해준 것 같으니까 실패로 처리되진 않았을 거야. 너무 걱정하지 마."

그렇다. 귀환과 보고가 너무 늦어지면 실패로 간주하고 잘하면 행방불명, 운 나쁘면 사망한 것으로 알고 명부에서 말소, 제적 처리될 수 있기 때문이다.

뭐, 이번 같은 경우에는 의뢰주가 현지에 있고 특수한 사정이
있는 의뢰였기 때문에 미귀환의 경우 마을에 확인차 연락이 가겠
지만……

어쨌든 이번에는 촌장이 일부러 『붉은 맹세』의 평가가 올라가
도록 하겠다며 감사 보고를 해준 덕택에 그럴 걱정도 없었다.

그래서 안심하고 왕도로 향하는 『붉은 맹세』였다.

그 무렵, 촌장이 의뢰한 일이 끝났다는 보고가 들어왔는데도
그로부터 열흘이 넘도록 『붉은 맹세』가 돌아오지 않자, 돌아오는
길에 무슨 변고라도 생긴 것은 아닌가 하며 헌터 길드 왕도 지부
전체가 침통한 분위기에 휩싸여 있었다.

그리고 며칠 후, 씩씩하게 왕도 지부의 문을 밀고 들어와 큰 목
소리로 귀환 보고를 한 마일 일행은 길드 직원과 그곳에 있던 헌
터들에게 실컷 혼났다……

*　　*

"다들 왜 그렇게 화내나 몰라!"

"게다가 거기 있던 헌터들에게 에일 한 잔씩 돌려야 했잖아요!
진짜, 사람이 별로 없는 시간대였던 게 불행 중 다행이었지……"

"으흐흐……"

길드 지부에서 나와 여인숙으로 향하면서 불평을 쏟아내는 레
나와 폴린 그리고 쓴웃음 짓는 마일.

"아하하……. 뭐, 걱정 끼친 건 사실이니까 어쩔 수 없지. 그리고 그만큼 우리를 걱정해줬다는 얘기니까 고마운 일 아니겠어!"

"아~니죠, 그건 그냥 에일을 얻어먹을 구실을 만들려고 시끄럽게 군 거라고요, 분명히! 그 증거로, 걱정했다면서 우리를 찾으러 나선 사람은 아무도 없었다잖아요!"

혼나는 것도 어쩔 수 없다고, 오히려 고맙다고 생각하는 메비스와는 달리 일방적으로 혼난 것을 불쾌하게 여기는 레나 그리고 에일을 사면서 생긴 지출 때문에 험한 말을 퍼붓는 폴린.

하지만 길드 직원과 헌터들은 화를 낸 것이 아니다. 『야단』을 친 것이다.

『화』는 그저 분노라는 감정을 표출하는 것으로 공격이나 마찬가지다. 하지만 『야단』은 그들을 위해 상대가 『두 번 다시 잘못을 저지르지 않도록』이라는 마음으로 『강한 어조로 지도해주는 것』이다.

같은 행위처럼 보여도 완전히 다른 셈이다.

레나와 폴린이 발끈하는 것은 겉으로만 그렇고, 사실은 연락도 하지 않아 많은 이에게 걱정 끼쳤다며 반성하고 있을까. 아니면 그런 데까지 생각이 미치지 않고 그냥 자기감정대로 화내고 있는 것뿐일까.

그런 부분도 이제는 대충 짐작할 수 있게 된 메비스와 마일이었다…….

"그럼 나흘 정도 쉰 다음에 출발. 그렇게 하면 되겠지?"

메비스가 확인하자 고개를 끄덕이는 세 사람.

다시 생각할 것도 없이, 케라곤이 왕도 근교 숲에 데리러 올 날짜가 정해져 있었기 때문에 출발일도 처음부터 정해져 있었다.

사실은 3일만 쉴 계획이었지만, 귀환에 드는 일수에 여유가 생기면서 하루가 남았던 것이다.

행동 계획에 여유가 없거나 예측하지 못한 사태에 대비해서 예비일과 조정용 휴일을 확보하지 않는 헌터는 신용 또는 목숨을 잃기 마련.

겁, 불안증, 신경질. 그것이 이런 세계에서 장수할 수 있는 비결이었다.

＊　　＊

"언니들, 왜 이렇게 늦었어요! 얼마나 걱정한 줄 알아요?!"

"""""아～……."""""

여인숙에 돌아오자, 제2라운드가 시작되고 말았다.

멀리 나갈 때는 언제쯤 돌아올지 미리 알려주기 때문에 그 기간을 훌쩍 넘으면 걱정하는 게 당연하다. 그것도 아직 어린 레니짱이라면 더욱…….

물론 여인숙에 짐을 두지 않고 완전히 방을 빼고 출발했던 『붉은 맹세』는 딱히 언제 돌아올지 미리 알릴 필요도 없었고, 의뢰수행에 드는 일수야 예정과 크게 달라질 수 있는 게 당연했다.

하지만 레니짱의 경우는…….

"목욕탕 온수 계획이랑 모객 예정이 다 틀어졌잖아요!"

233

……이것이었다.

"저기 말이야, 우리가 왜 이 여인숙을 계속 이용하고 있는 걸까? 분명 더 대우 좋은 여인숙이 어디 있을 텐데, 우리의 숙박을 환영하는…….."

""""하핫…….""""

레나의 의문에 쓴웃음으로 대신 답하는 세 사람.

그것이었다.

『그건 말하지 않기로 약속했잖아요…….』

라는 그것.*

뭐, 이러니저러니 해도 이 여인숙은 지내기 편하다. 무리한 부탁도 들어주고, 주인 부부도 좋은 사람들이고, 음식은 맛있고, 숙박비는 저렴한데 목욕탕도 있다. ……마일이 만들어준 것이지만.

그리고 레니짱도 열심히 일하는 데다가 귀여운 구석도 있다. ……수전노여서 그렇지.

그것도 다 이 여인숙을 위해 조금이라도 더 벌기 위함이지 딱히 사리사욕은 아니다.

……폴린에 비하면 훨씬 나았다…….

또 레니짱의 그런 태도는 수줍음을 감추기 위한 부분도 크겠지.

……아마도.

레나 일행이 마일의 제안을 바로 받아들여 마족 마을행을 결정한 이유는 그런 방법이 아니면 『마을에 금전적 부담을 끼치지 않

---

*1960년대에 방영한 일본 인기 예능 방송 『샤본다마 홀리데이』 속 콩트에 등장하는 대사.

으면서 마을 사람들이 은혜를 갚았다는 만족감을 느낄 수 있는, 보수 대신이 될 만한 것』이 달리 떠오르지 않았기 때문이기도 하지만, 이번에 그 제안을 거절한다고 한들 어차피 마일은 마족 마을행을 포기하지 않으리라고 생각해서였다.

게다가 레나 일행은 마일이 다양한 종족이 있는 곳에 가보고 싶어 하는 진짜 목적이『고룡이 유적을 조사하는 이유 파악』에 있다는 사실을 알고 있었다.

……하지만 레나 일행이 마일에게 반대하지 않은 진짜 이유는 언제나 남에게 양보만 하는 마일이 어쩌다 주장을 굽히지 않거나 부탁하면 들어주고 싶다는 마음에서였다.

마일의 바람을 이루어주는 것이야말로 자신들의 바람.

그것이 레나 일행의 생각이었다…….

*　　*

4일간 주어진 휴식을 도서관, 고아원, 고아들이 있는 강변, 카페, 그리고 금화 세기 등 각자 원하는 대로 보낸『붉은 맹세』.

그리고…….

"왜 또 바로 멀리 떠나는 건데요오오!"

레니짱의 비통한 절규를 뒤로하고, 다시 원정을 선언한 후 여인숙을 나온 네 사람.

……레니짱이『귀환 예정일을 아직 물어보지 않았다』라는 사실을 알아차리기 전에.

그렇다, 처음부터 귀환 예정일을 알리지 않으면『늦었다』라며 불평할 일도 없다.

이제야 그것을 깨달은 레나 일행이었다.

헌터 길드 지부 쪽은 길드 마스터에게 면담을 요청해,『고룡과 함께 마족 마을에 갈 처지에 놓였다』라고 레나가 말해두었다.

물론 네 명이 다 함께 갔고 레나가 그렇게 말했다는 이야기다.

마일이 아니라 레나가 말했기 때문에『갈 처지에 놓였다』라는 말은 거짓이 아니었다. 가기를 희망한 마일 본인이 그렇게 말하면 거짓말이 되고 말지만.

이런 말투를 쓰면 레나 일행의 의지가 아니라 고룡 측에서 하도 부탁해서 어쩔 수 없이, 라고 오해해 주리라는 노림수가 있었다. 결코 거짓말한 게 아니라…….

딱히 할 필요가 없는 거짓말은 웬만하면 하고 싶지 않다는 것이『붉은 맹세』의 방침이었다.

……물론 필요하다면 아무렇지 않게 거짓말을 하지만.

정의를 위해서라면 약간의 잘못은 허용된다.

그것이『붉은 맹세』의 방침이었다.

그냥 말없이 가면 될 것을 왜 굳이 보고했는가 하면, 헌터 파티가 아무런 보고도 없이 서둘러 사라져서는 아무래도 곤란하다는 생각 그리고 만약 국외로 나갔다는 사실이 밝혀졌을 경우『국내 활동 의무 기간』경과 카운터가 멈추는 게 싫었기 때문이다.

그래서 이런 말투로 보고하면 고룡과는 예전 사건으로 면식이 있는『붉은 맹세』가 어떤 사정이 있어서 고룡에게 불려갔다는 식으로 받아들이리라는 생각에, 다 함께 신중하게 말을 골라 정한 설명이었다.

이렇게 하면『붉은 맹세』는 고룡의 요구에 따라 행동하는 게 되고, 인간의 의지로는 어쩔 수 없는 일, 불가항력, 일방적으로 당한 사고 같은 것으로, 다른 헌터나 길드 직원들 모두에게 동정을 얻을 수 있다.

그리고 국경을 넘나드는 의뢰를 수주했을 때와 똑같이 나라 밖으로 나가도『국내 활동 의무 기간』경과 카운터가 멈추지 않는다.

……『카운터가 멈추면 가지 않을 것이다』라고 말해버리면 고룡의 분노를 사서 왕도가 파괴될지도 모르니, 그런 의미 없는 것에 연연하다가 큰 위험을 초래할 길드 직원은 아무도 없었다.

게다가 고룡이 데리러 온다는 말은 왕도 근처에 고룡의 모습이 목격되어 큰 소란이 빚어지는 것을 방지하기 위해서라도 필요했다.

또 언젠가처럼『B등급인가 A등급인 파티가 죽음을 각오하고 울며 겨자 먹기로 조사 의뢰를 받아들였다』라는 비극이 일어나면 너무 가여우니까…….

어쨌든 이렇게 해서 안심하고 다녀올 수 있다. 기간을 신경 쓸 필요도 없이.

"드디어 인간, 드워프, 엘프, 수인에 이어 마족 마을이에요! 요정(스페셜)도 있으니까 풀 컴플리트라고요!"

요정은 마을에 간 것은 아니지만, 마을 사람 모두를 붙잡았……교류했으니 클리어라고 판단하는 듯한 마일.

그리고 천하의 마일이라도 사이즈가 너무 다르고 건물도 입에 맞는 요리도 없을 테니 고룡의 마을(?)에 가는 것은 포기한 듯했다.

마일도 상식의 파편이 아주 조금이나마 남아 있었던 것이다…….

* *

"늦네…….."

약속 장소인 왕도 근처 숲에 도착한 뒤로도 상당한 시간이 흘렀다.

레나가 투덜거렸지만 어쩔 수 없는 일이다. 이 세계에는 정확한 시계도 없어서, 약속 시간 따위는 아주 대충 정했던 것이다. 기껏해야 아침 일찍, 오전 중에, 점심때, 오후 일찍, 저녁 무렵 같은 정도로 나타내는 게 고작이었다.

마차나 말을 탄 이동도 날씨와 도로 상태, 마차 바퀴나 차축 파손, 마물이나 도적의 습격 등으로 반나절이라든지 며칠 정도 늦는 경우가 허다했다.

그래서 아무리 왕도에서 그리 멀리 않다지만, 야외의 약속은 다소 늦는다고 해서 불평하는 사람이 없었다.

레나도 말은 그렇게 하지만 딱히 화났거나 불쾌하게 여기지 않았다.

『붉은 맹세』의 이동 시간이 언제나 비교적 계획대로 잘 이루어지는 건 거의 마일 덕분이었다.

마차 바퀴가 진흙탕에 빠져도 바로 빼낼 수 있다던가, 짐을 가득 실은 마차의 차축이 부러져도 번쩍 들어 올리고 간단히 수리한다던가, 일반인은 절대 가능한 일이 아니다. 그걸 손님으로 탑승합마차든, 호위 의뢰를 받은 상단의 짐마차든 간에 늘 서비스로 도와주곤 했다.

……『붉은 맹세』가 호위 의뢰를 받겠다고 하면 언제든 상단과 마차 가게로부터 즉시 채용 결정 연락이 올 터였다.

보통은 길드의 어느 부서에서 파티의 신뢰도와 실력을 확인하거나 면접을 보는데,『붉은 맹세』의 경우는 언제나 거의 바로 결정되었다.

뭐, 실력과 신뢰도도 그렇지만 젊은 여성들로만 이루어졌다, 마술사가 있어 물마법과 치유마법을 쓸 수 있다, 수납마법에 넣어 운반하고 싶은 게 있다, 기타 이런저런 이유 때문이겠지…….

그중에는 마일이 해주는 요리가 목적으로, 별도 요금을 내고 이동 중 끼니 제공을 부탁하는 의뢰인도 많다.

어쨌든 인간조차도 야외에서의 약속은 잘못하면 며칠씩 기다릴 때가 있다. 하물며 수명이 아주 길어 시간 개념이 인간과 크게 다른 종족이 그 상대라면…….

다만 이번에는 상대가 고룡이기 때문에 이동에 생각지 못하게 시간이 걸릴 걱정만은 하지 않아도 되었다.

레나 일행이 태도를 바꾸고 티타임을 즐기고 있는데, 마침내 하늘에서 검은 점 하나가 나타나더니 빠른 속도로 커졌다. ……아무래도 케라곤이 온 듯했다.

하지만 아주 많이 기다렸으니 이번에는 상대를 조금 기다리게 해도 상관없다. 그렇게 생각한 레나 일행은 느긋하게 차와 과자를 계속 즐겼다.

＊　＊

『그럼 출발할까요, 마일님.』

수명이 긴 고룡은 조금 기다리는 것 가지고는 눈 하나 깜짝하지 않았다.

원래는 그래도 『하등생물이 고룡을 기다리게 했다』라는 사실에 격노하겠지만, 마일에게 깊이 감사하고 있는 케라곤은 그런 감정을 가질 리 없었고 인간으로 치면 고작 몇 초에 해당하는 시간 따위 정말로 아무렇지 않았던 것이다.

그리고 진심으로 고마운 사람은 마일뿐이지 나머지 세 사람은 그 전투력을 인정하고 경의를 표한다는 점, 『마일님의 동료니까』라는 이유로 일단은 정중하게 대하고 있지만, 정말로 존중하고 있는 것은 아니었다. 어디까지나 『마일님의 동료』이자 마일에게 딸려 온 존재에 지나지 않았다. 등에 태워주는 것 역시 『마일님의 부속품』으로서였다.

그래서 이런 경우에는 말을 거는 상대가 마일뿐이었던 것이다.

"죄송해요, 일부러 여기까지 오시게 해서……."

『아닙니다, 정말로 신경 쓰지 마세요. 저희에게 며칠은 인간으로 치면 몇 초에 불과합니다. 게다가 시간이 남아도는 몸이라 일상과 다른 일은 대환영이랍니다. 덤으로 큰 은혜를 입은 마일님께 도움이 될 수 있다니, 영광이 아닙니까. ……물론 마일님께 점수를 따놓으면 또 철단 같은 큰 상처를 입었을 때 도움을 받을 수 있을지 모른다는 계산도 있으니 정말로, 미안해하지 마시고……』

"아하하……. 그때는 저만 믿으세요!"

진심인지 농담인지 알 수 없는 케라곤의 말이었지만, 그 정도야 어려운 일도 아니라며 마일은 웃으며 기꺼이 승낙했다.

고룡이 그렇게 크게 다칠 일은 거의 없다. 그래서 그건 앞으로도 부담 없이 자신에게 부탁하라는 케라곤의 립 서비스일 가능성이 있었지만, 동료들과 함께 초고속으로 이동할 수 있는 수단이란 만일의 상황에서 몹시 안심할 수 있는 요소이므로 케라곤의 호의를 고맙게 받아들이기로 했다.

……그리고 아마도 하루하루 따분해서 재미있는 일을 원하고 있는 건 정말 같았기에.

『……그런데 이번에는 무슨 용건으로?』

행선지는 알려주었다. 그래서 이건 케라곤에 대한 용건이 아니라 마일 일행이 무슨 일로 마족의 거주 지역에 가는지 알고 싶다는 뜻이리라.

출발하자고 말해놓고도 계속 말을 이으면서 아직 마일 일행을 등에 태우려고 하지 않는 것은, 비행을 시작하면 등에 탄 마일 일행과 대화를 나눌 수 없기에 출발 전에 그걸 물어보고 싶어서 같았다. 먼저 물어두면 비행 중에 온갖 상상을 하면서 즐거워할 수 있고, 그때 했던 생각을 도착 후에 물어볼 수도 있다.

아마도 정말로 이번 마차 말 역할을 즐기고 있는 듯했다.

그래서 마일도 그 기대에 부응해주려고, 간단한 것(너무 자세히 말하면 즐거움이 줄어드니)을 가르쳐주기로 했다.

"우선 마족 남자의 초대를 받은 레나 씨와 메비스 씨의 관찰."

""뭐얏!""

『호오호오……』

마일의 말에, 이의가 있는 듯한 표정을 지으며 얼굴이 조금 빨개진 레나와 메비스.

그리고 왜 그런지 조금 흥미가 있는 듯한 케라곤.

하찮은 인간의 연애 사건이야 마치 인간이 연어의 산란을 구경하는 것 정도로밖에 여기지 않을 케라곤이지만, 처음 만났을 때 베레데테스가 말했듯 케라곤이 『나이 이퀄 여자친구 없는 세월』임을 알고 있는 마일은 아아, 조금이라도 내가 결혼하는 데 참고가 된다면 하고 생각하는 걸까 하고 가볍게 넘겼다.

"그리고 다음으로 당신들 고룡이 진행 중인 선사문명 조사에 관한 정보 수집."

『뭐라고……』

이번 마일의 말에는 조금 놀란 듯한 케라곤이었는데, 마족은 현장 작업원으로 일할 뿐…… 어떤 형태로 나름의 보수는 받는 모양으로, 딱히 무보수로 노예처럼 부리는 것은 아니어서 마족 측은 납득하고 협력하고 있는 듯했다. 뭐, 고룡의 부탁 또는 명령을 거절할 수 있을 리도 없지만…… 그래서 이렇다 할 정보를 가지고 있을 리는 없었다. 또 마족이 고룡에 대한 정보를 인간에게 줄줄 늘어놓을 리도 없었다. 그래서 순간 놀랐을 뿐 이번에는 케라곤이 마일의 말을 가볍게 넘겼다.

애당초 케라곤은 전 전사부대 소속이며 현재는 발굴 작업 현장과 고룡 마을을 오가는 단순 연락책에 지나지 않았기 때문에,『인간이 선사문명에 대해 독자적으로 조사하고 있는 것 같다』라는 것은 자신과 전혀 무관한 일로 보고할 의무조차 없기에 별로 신경 쓰지도 않겠지.

애당초 고룡 측의 조사 및 연구 담당자들은 하등생물인 인간이 뭘 하든 신경 쓰지 않기 때문에 설령 케라곤이 그런 보고를 해도 들어주지 않을 게 확실했다.

그건 유명 대학 교수에게 경비원이『근처에 있는 유치원생이 교수님이 조사, 연구하는 주제와 똑같은 걸 조사하려고 합니다』하고 보고하는 것이나 다름없었다. 웃어넘기면 그나마 다행이고, 대부분은『무슨 애들 장난치는 것 가지고 내 연구를 방해하지 말란 말이야!』하면서 역정 낼 게 뻔하다.

"그리고 세 번째는 제 풀 컴플리트 때문이에요! 이렇게 인간, 엘프, 드워프, 수인, 요정에 이어서 마지막으로 마족 마을까지 방문하면 전 종족 풀 컴플리트거든요!"

『……아, 네에……』

마일이 말하는『풀 컴플리트』가 무엇인지, 그리고 그것에 어떤 가치가 있는지 전혀 모르는 케라곤이지만, 고룡들 사이에도 가치관은 저마다 다르다는 것을 잘 알고 있는 총명한 고룡이며 마일에게 심취해 있기에 깊이 파고들지 않고 그냥 흘려 넘겼던 것이다…….

　그리하여 겨우 출발한 일행.
　목적지는 대륙 북부의 산맥 건너편.
　"양현 전속. 목표, 마족 거주 지역. 케라곤, 발진합니다!"
　그리고 마일의 클리셰 대사.
　"……뭔가 말할 줄 알았다니까……."
　"마일짱이니까요. 허풍동화의 명대사나 전용 대사를 칠 기회는 놓치지 않죠……."
　"『허공 전투함 야마토』속편의 마지막 장면인가. 그건 안 울 수가 없지……."
　"하지만 특공 자폭 엔딩이라니, 불길하게시리!"
　여전한 『붉은 맹세』 일행이었다…….

특별 단편 권유

"지정 헌터? 뭔데요, 그게?"

그렇게 말하며 어리둥절한 표정을 짓고 있는 마일과 동료들.

어느 날 헌터 길드 지부에 모습을 드러낸『붉은 맹세』는 접수원 아가씨에게 붙잡혀 그대로 길드 마스터의 방까지 끌려갔다.

그리고 그곳에서 뜬금없이 들은 것이 영문 모를 그 단어였다.

"『지정 헌터』란 상시 의뢰나 일반 의뢰와 별개로, 공공연하게 드러낼 수 없는 의뢰나 원래 받으면 안 되지만 감정적으로 꼭 받아주고 싶은 의뢰가 있을 때, 정식으로 길드를 통하지 않고 의뢰인으로부터 직접 받는 자유 의뢰로 처리하는 일을 받는 헌터를 뜻해. 형식적으로 길드는 관여하지 않는 것으로 되기 때문에 의뢰자가 의뢰 보드에 직접 종이를 붙이지.『청소인 구함』이라는 의뢰여서 보수 금액도 구체적인 작업 내용도 적혀 있지 않고 연락처만 나와 있을 뿐이라, 일반 헌터들은 거들떠보지도 않아."

"최초 단편에 심지어 만화용으로 수정되기 전 잡지 수록 버전입니까?! 불끈불끈, 100톤짜리 망치입니까아?!"

그리고 늘 그렇듯 영문 모를 말을 외치는 마일.

레나 일행도, 길드 마스터도 이제는 새삼스럽게 마일의 괴이한 말과 행동에 놀라지는 않았다.

……익숙했다.

단지 그것뿐이었다.

“딱 들었을 때부터 수상하다고는 생각했어요. 『지정 헌터』라
니…….”

아직도 그런 말을 하는 마일이었는데…….

“하긴 다소 수상한 일을 한다는 건 인정해. 하지만 의뢰에 따라
서는 법에 아슬아슬하게 걸리는, 아니, 잘못하면 범죄 행위와의
경계선을 밟을 가능성도 있으니까 오히려 더 선악 구분을 명확하
게 할 수 있고 정의와 자긍심을 지키고 실력 좋고 금액에 연연하
지 않는 사람이 아니면 안 되는 거야. 일반적인 헌터한테는 맡길
수 없는 섬세하고 미묘한 일이라고. 안심하고 맡길 수 있는 사람
이 그리 많지 않아…….”

“““…………”””

길드 마스터의 설명에 미묘한 표정을 짓는 『붉은 맹세』 일동.

능력을 인정받고 신뢰받고 있다는 건 솔직히 기쁜 일이다.

하지만 일이 성가셔질 의뢰일 게 뻔했다.

물론 그걸 얼마든지 만회할 수 있다고 생각해서 제안했을 테
고, 그 역시 기쁜 평가이기는 하지만…….

“패스!”

“패스!”

“패스!”

"패스!"

"허어어어어억!"

레나 일행의 대답이 뜻밖이었는지, 자기도 모르게 소리를 지르고 만 길드 마스터.

"어, 어어어, 어째서……. 이 제안을 받는 것은 헌터로서 명예로운 일이고 높이 평가되고 있다는 증거고……."

"명예고 높이 평가받고 있는 증거고 간에 다른 사람들한테 비밀이잖아요? 저희는 지금까지 그런 이야기는 들어본 적도 없는걸요. ……그러니까 길드의 극히 일부, 극소수밖에 모르는 이야기죠? 그런 소수의 심정을 좋게 해준다는 이유만으로 받기에는 일이 귀찮아질 확률이 너무 높아서 이익과 불이익, 비용 대비 효과가 너무 나빠요. ……불량 안건이네요."

길드 마스터의 말을 폴린이 뚝 끊었다.

"게다가 우리는 평범하게 의뢰를 수행하는 것만으로도 이미 높은 평가를 받고 있어. ……그러니까 이런 권유를 한 거잖아? 그렇다면 굳이 귀찮은 일을 떠맡을 필요 없는 거잖아."

"윽……."

레나의 뒤이은 공격에 말문이 막힌 길드 마스터.

당연하다. 표면적으로 길드가 관여하지 않는다는 건 무슨 일이 생겨도 길드로부터 정식 지원을 받을 수 없다는 뜻이며, 길드를 통하지 않고 그런 불량 안건을 받아서 얻을 이익이란 하나도 없다.

애당초 길드의 접수를 통하지 않고 멋대로 의뢰 보드에 의뢰표를 붙이는 게 가능할 리 없다. 그래서 아무리 길드 측이『그건 멋대로 붙인 것이다』라고 나와도 약간 무리가 있었다.

요컨대 객관적으로 보면 그건『길드가 받아 보드에 붙인 의뢰표를 멋대로 떼서 접수를 통하지 않고 의뢰주에게 직접 연락했다』라는 게 된다.

……그건 헌터의 길드 규약 위반이다.

설령 멋대로 붙인 의뢰표라고 하더라도, 그건 그것대로 규약 위반이다.

결국 전자든 후자든 길드가 그럴 마음만 먹으면, 무슨 일이 생겼을 경우 모든 책임을 헌터에게 떠넘기고 길드 측은 오리발을 내밀 수 있다. 자기들은 피해자인 척하면서.

"""""이건 아니지~…….""""

이익이 생기는 일이라도 위험이 너무 크다.

하물며 이익마저 거의 없다면…….

"……그래서 현재 이곳 지부에 몇 명 있는 거야, 그『지정 헌터』라는 게…….."

"윽! 아니, 그게…….."

레나의 질문에 길드 마스터가 머뭇거리자 폴린이 시원시원하게…….

"아직 한 명도 없죠?"

"으윽, 뭐, 그, 그렇지……. 그러니까 이제부터…….."

"그리고 앞으로 권유할 때『그 유명한 '붉은 맹세'도 받았다고!』하고 써먹으려고 제일 먼저 우리한테 제안한 거고…….."

배려의 아이콘 메비스마저 싸늘한 목소리로 연타를 날렸다.

"""""그럼 그렇게 알고…….""""""

그렇게 말하고 재빨리 길드 마스터의 방에서 철수하는『붉은 맹세』.

필사적으로 붙잡으려는 길드 마스터의 외침을 뒤로 한 채…….

＊　＊

"진짜 웃기지 말라 그래!"

"아무리 이것저것 신세를 지고 있는 길드 마스터가 한 부탁이라지만, 적자만 날 게 뻔한 거래는 응할 수 없다고요!"

"맞아, 상대가 길드 마스터라도 너무 얕보이면 문제가 된다고."

"보니까, 원래 그런 제도가 있었던 것도 아니고 우리를 마음대로 써먹으려고 새로 생각해 낸 안건 같으니까요……."

저마다 길드 마스터에 대한 불만을 토해내며 계단을 내려오는 네 사람을 보자, 왠지 기분이 안 좋다는 것을 알아차린 길드 직원과 헌터들은『붉은 맹세』와 눈을 마주치지 않으려고 노력했는데…….

"댁들이『붉은 맹세』? 내가 파티 리더가 되어줄 테니 내 밑으로 들어와요!"

"""""엄청나게 고압적인 아가씨의 상식에서 벗어난 권유, 왔다아～～!""""""

((((((아아아아아아아～～!))))))

250 저, 능력은 평균치로 해달라고 말했잖아요! 15

그리고 마일 일행의 입에서 나온 외침과 길드 직원, 헌터들의 마음속 외침이…….

마일 일행에게 상식에서 벗어난 권유(권유라고 할 수 있을까?)를 한 사람은 너무나 귀족 영애 같은 모습의 웨이브 금발 소녀였다.

나이는 15~16세. 옆에는 시종인지 호위인지 모르겠지만, 검을 찬 20대 초반 정도의 여성이 세 명이 붙어 있었다.

그들은 상식을 갖추고 있는지, 아가씨의 말에 아차~, 하는 표정을 짓고 있었다.

그리고…….

"아뇨, 괜찮습니다."

메비스가 즉시 거절하자,

"흠, 괜찮다? 그러니까 받아들인 거네요!"

어떻게 된 일인지, 메비스가 받아들였다고 여긴 아가씨.

"보이스 피싱이냐아아아~~~!"

그리고 사기 수법에 대해 잘 알고 있는 마일.

"메비스 씨, 이런 사람한테는 분명하게 말해줘야 한다고요! 전부 자기 편한 대로 해석하고 받아들이니까!"

"허억! 아, 알았어…….

설마 그런 사람이 있을까, 하고 생각하면서도 이렇게 마일이 혈색을 바꾸고 충고할 때는 대부분 옳은 지적이라는 것을 잘 알고 있었기에 허둥지둥 마일의 지적에 따르는 메비스.

"저, 저기, 제안은 거절할게요! 저희는 이 넷이서 활동하기 때문에!"

이만큼 확실하게 말하면 괜찮을 거야. 메비스가 그렇게 생각하고 마음을 놓고 있는데……

"자신들의 능력 부족을 비하해서 사양하지 않아도 된답니다. 부족한 부분은 내가 충분히 채우고 뒤에서 든든히 받쳐줄게요. 오~호호호!"

"""""말이 안 통하네……"""""

*　　*

"도대체 뭐냐, 걔……"

"분명 귀족 아가씨 맞죠……?"

정체불명의 아가씨에게서 겨우 벗어나, 터벅터벅 걸으면서 투덜거리는 레나와 폴린.

"아마도 지루한 일상에 넌더리가 난 말괄량이 귀족 아가씨가 소문으로 들은『젊은 여자들끼리 이루어진 헌터 파티』로 따분함을 달래보자고 생각한 것 아닐까?"

"아~ 그럴싸하네요……"

""아~……""

메비스와 마일의 말에 납득한 듯 추임새를 넣는 레나와 폴린.

"귀족 소녀가 갑자기 헌터라니, 무슨 그런 황당무계한……"

하고 말하다 말고, 조용히 메비스와 마일을 바라보는 폴린.

"아, 하지만 『여신의 종』의 리트리아 씨(오라 남작가 영애)라는 예시가 있네요……."

그리고 폴린의 시선에 뭔가 떠올랐는지 마일이 그런 말을…….

"너 말하는 거잖아, 이 바보야~~!"

포효하는 레나였다……

*　　*

"아니~, 연속해서 이상한 권유를 받다니 오늘 일진이 영 안 좋네……."

"'그거, 플래그, 플래그으~~!"

여인숙에 도착하기 직전 레나가 내뱉은 말에 무심코 속으로 그렇게 지적하는 마일, 메비스, 폴린.

그리고 여인숙에 도착하자…….

"오늘은 목욕탕에서 몸을 푹 담그고…… 으앗!"

레나 일행이 여인숙에 들어온 순간 뭔가 『산뜻해 보이는 것』이 다가왔다.

산뜻해 보이는 검사, 산뜻해 보이는 전사, 산뜻해 보이는 창사, 산뜻해 보이는 궁사 겸 경전사…….

'리츠코 씨는 없네요…….'*

그리고 뭔지 모를 생각을 하는 마일.

((((서, 설마…….))))

---

*일본의 전 프로볼링 선수로 '산뜻한 리츠코 씨'라는 별명이 있다.

"너희가 『붉은 맹세』지? 소문은 익히 들었어. 우리는 B등급 파티 『빛나는 희망』이야. 브란델 왕국 왕도에서 왔지."

((((설마 진짜로 플래그가…….))))

"어때? 너희, 우리 파트에 들어오지 않을래?"

((((섰다~~~~!))))

"섰다, 섰다, 플래그가 섰다!"

"클라라가 섰다고는 말하지 마!"

일본 전래 허풍동화 중에 『알프스 소녀 클라라의 대모험』이 굉장히 마음에 든 듯한 레나는 설령 그 이야기를 들려준 마일 본인이라도 그 감동적인 명장면을 개그 소재로 쓰는 게 싫은 모양이었다.

'아니, 플래그가 『섰다』는 레나 씨가 클리셰 대사를 쳤을 때인가? 지금은 플래그가 『회수되었다』가 맞으려나?'

그리고 늘 그렇듯 아무래도 상관없는 생각을 하는 마일.

"너희 소문은 브란델 왕국까지 퍼졌어. 우리 『빛나는 희망』은 B등급 파티지만 마술사가 없는 게 좀 약점이거든. 마술사를 두세 명 정도 영입해서 전투 방법에 대개혁을 일으키려고 하는 참에 너희를 알게 되었지. 높은 위력의 공격마법, 대신관을 능가할 정도라는 치유마법, 검과 마법 둘 다 가능하면서 신속검을 쓰고. ……심지어 전원 귀여운 미소녀. 이건 뭐, 영웅 파티라고 일컬어지는 우리 파티에 들어올 수밖에 없잖아. 너희라면 그럴 자격이 충분히 있다고 생각해. ……합격이다!"

""""""하아?""""""

열 받고 말았다.

레나를 비롯해 네 명 모두가.

자격이 있어?

합격이야?

……도대체 뭐 하자는 거냐!

"댁들은 우리 파티에 들어올 자격이 없어."

"불합격입니다."

"우리를 따라올 수는 있고?"

"당신들에게 선택할 권리가 있듯이 우리한테도 선택할 권리가 있거든요. 자기들한테만 결정권이 있다고 착각하고 있는 정신 나간 사람들과는 가까워질 수 없거든요."

늘 말투가 험악한 레나, 기분 나빠지면 무서운 폴린 뿐 아니라 자애로운 사람인 메비스와 착한 마일마저 몹시 화난 듯했다.

카운터 너머에는『붉은 맹세』가 진짜로 화난 모습을 처음 본 레니짱이 조금 깬다는 듯한 표정을 짓고 있었다. ……네 사람 모두 화난 게 분명한데도 살짝 미소를 머금고 있었기에…….

……위험하다.

이대로 가다간 여인숙에 피해가 생긴다.

레니짱의 직감이 그렇게 말하고 있었다.

"어, 어어어언니들, 파티를 짜고 말고는 서로 실력을 보여준 다음에 생각하는 게 좋지 않을까요? 그러려면 헌터 길드 훈련장이나 교외로 가는 게…….”

““““그렇군, 일리 있네…….””””

그리고 『빛나는 희망』 쪽 역시 『붉은 맹세』의 건방진 대사에 욱하기도 했고, 한 방 날려서 전위가 부족한 파티가 얼마나 약한지 똑똑히 알려주고 콧대를 꺾어 자신들의 파티에 들어가게 해달라고 애원하게 할 절호의 기회라는 생각에 기꺼이 그 제안을 받아들였다.

‘……다행이야, 여인숙에 피해가 나는 건 막았어…….’

한편 레니짱은 『붉은 맹세』가 이 남성 파티와 함께 이 도시를 떠날 거라는 걱정 따위는 조금도 하지 않았다

과연 레니짱도 『붉은 맹세』의 이상한 구석을 어렴풋이 알아차리고 있었던 것이다.

＊　　＊

““““잘못했습니다아아아아아~~!””””

그리고 헌터 길드의 훈련장에서, 구경하러 몰려든 많은 헌터들 앞에서 철저히 능욕당하고 무릎을 꿇은 B등급 파티 『빛나는 희망』의 네 헌터들.

((((((불쌍해라…….))))))

하지만 충분한 정보를 모으지도 않고 상대를 모욕하고 화나게 했다.

그런 짓을 저지른 자는 대부분 그 자리에서 목숨을 잃어 그 교

훈을 다음에 살릴 기회가 없다.

그런데 크게 다치지도 않고…… 아니, 치유마법으로 고칠 수 있을 만큼의 상처만 입고 귀중한 경험을 했으니 행운이라고 생각해야 마땅하겠지.

설령 그『치유마법으로 고칠 수 있을 만큼의 상처』가 복잡골절과 분쇄골절 및 심각한 화상을 포함한다고 해도…….

＊　　＊

"피곤하네……."

"피곤해요……."

"정신적으로 말이지……."

"아하하……."

오늘은 종일『권유』라는 이름의 시비에 걸렸다.

하지만 딱히 오늘이 처음은 아니다.

크든 작든 이런 일은 종종 있었다. 일종의『유명세』라고 할까.

이런 피해가 늘어나『이름이 많이 유명해졌네』하고 실감하는게 헌터인 법이다.

동료에 넣으려고 하거나 이용하려고 하거나, ……그리고 동경하거나.

헌터 동료들에게서도, 헌터를 꿈꾸는 청년들에게서도, 그리고 헌터의 도움을 원하는 사람들에게서도.

다소 민폐인 것은 어쩔 수 없다.

그렇게 결론을 내리고 썩 불쾌하게 여기지는 않는『붉은 맹세』
였는데…….

"""""단, 길드 마스터 너는 아니다!"""""

……그렇다, 길드 마스터의 실없던 짓만은 절대 용서할 수 없
는『붉은 맹세』였다…….

작가 후기

여러분, 오랜만이에요, FUNA입니다.
출판사가 SQEX노벨로 바뀐 뒤 두 권째, 15권입니다.
마일, 행복한 한때.
그리고 분노의 데스 로드!

"아이! 마이! 마일! 혼자서도 죽일 수 있는걸!"
『원더 쓰리』도 이래저래 활약하는 것 같고…….

다음 회에는 드디어 마족 마을로!
그리고 점점 밝혀지는 세계의 비밀 그리고 침략자의 정체.
마침내 클라이맥스의 시작인가?
수수께끼가 수수께끼를 부른다!
기대하면서 기다려 주세요, 다음 권을!

출판사가 바뀌게 되면서 13권과 14권 사이에 꽤 오래 공백이 있었습니다만, 앞으로는 조금 더 빠른 페이스로 출간되지 않을까 생각하는 오늘 이때…….
현재 일주일에 두 번, 걸어서 3분 걸리는 마트에 식료품을 사러 가는 것 이외에는 집에서 거의 나가지 않고, 말 역시 일주일에 두 번 "비닐봉지는 필요없어요"뿐.

전철을 탈 일도, 누군가와 만날 일도 거의 없어서 『코로나로부터 가장 멀리 떨어진 생활』을 하고 있습니다.

마일 : "그런 일상, 지루하죠? 빨리 코로나가 종식되어 원래의 생활로 돌아가면 좋겠네요……."
레나 : "쉬잇! 코로나 전이랑 달라진 게 없거든!"
마일 : "아……."

어, 어어어, 어쨌든 코로나로부터 먼 생활입니다!
그리고 『능균치』에 이어 코단샤에서 나오고 있는 『포션빨로 연명합니다!』도 누계 100만 부 돌파!
이 책이 출간될 즈음에는 『노후를 대비해 이세계에서 금화 8만 개를 모읍니다』도 100만 부를 돌파하지 않았을까 싶은…….
세 작품 모두 중단 이야기가 나오지도 않고 순조롭게 다음 권이 계속 나오고 있는 것은 모두 독자 여러분 그리고 코미컬라이즈를 맡아주신 만화가 여러분 덕분입니다.
만화는 소설보다 몇 배나 더 잘 팔리니까 만화가 팔리는 한 소설도 안전빵!
……아니, '작가로서 그래도 괜찮은가' 하는 생각이 들지 않는 것도 아니지만…….

아, 만화 이야기가 나와서 말인데, 모리타카 유키 선생님의 스핀오프 만화 『저, 일상은 평균치로 해달라고 말했잖아요!』가 3월

12일 출간된 4권으로 완결이 났지요.

　아직 사지 않은 독자분은 이 기회에 몰아서 구입을!

　귀여운 그림 그리고 저 이상으로 『붉은 맹세』의 네 사람을 잘 이해하고 계신 모리타카 유키 선생님의 저와 파장이 맞는 개그 연발을 만끽해 보시길.

　아, 『일상』도 영어로 번역되어 해외에서도 호평이라고 합니다. (미국 Amazon의 독자 리뷰로)

　마지막으로 담당 편집자님, 일러스트레이터 아카타 이츠키 님, 책 디자이너 야마카미 요이치 님, 교정교열 및 인쇄, 제본, 유통, 서점 등에 종사하시는 관계자 여러분, 감상과 지적, 제안, 충고, 아이디어 등을 아낌없이 주시는 '소설가가 되자' 감상란의 여러분, 그리고 무엇보다도 이 작품을 읽어주신 여러분께 진심으로 감사드립니다.

　그럼 또 다음 권에서 만날 수 있다고 믿으며…….

FUNA

謎の美少女
新米ハンター
モレン！
次巻
登場！！
たぶん…

*수수께끼의 미소녀
신입 헌터 모렌!
다음 권에 등장!
아마도 말이죠……

亜方逸樹

*아카타 이츠키

WATASHI, NORYOKU WA HEIKINCHI DETTE ITTAYONE! vol.15
©2021 Funa, Itsuki Akata/SQUARE ENIX CO., LTD.
First published in Japan in 2021 by SQUARE ENIX CO., LTD.
Korean translation rights arranged with SQUARE ENIX CO., LTD.
and Somy Media, Inc. through Tuttle-Mori Agency, Inc.

저, 능력은 평균치로 해달라고 말했잖아요! 15

2022년 06월 15일 1판 1쇄 발행

저　　　자 FUNA
일 러 스 트 아카타 이츠키
옮 긴 이 조민정
발 행 인 유재옥
본 부 장 조병권
편 집 1 팀 김준균 김혜연 박소연
편 집 2 팀 박치우 정영길 정지원 조찬희
편 집 3 팀 곽혜민 오준영 이해빈
라이츠담당 이승희 한주원
디 지 털 김지연 박상섭 최서윤
미　　　술 김보라 박민솔
발 행 처 ㈜소미미디어
인쇄제작처 ㈜코리아피엔피
등　　　록 제2015-000008호
주　　　소 서울시 마포구 토정로222, 403호 (신수동, 한국출판콘텐츠센터)
판　　　매 ㈜소미미디어
마 케 팅 박종욱
전　　　화 (02)567-3388, Fax (02)322-7665

ISBN 979-11-384-0133-3
ISBN 979-11-6611-317-8 (세트)